완벽한 피해자

완벽한 피해자

이 여성을 위한
변론을 시작합니다

김재련 지음

천년의상상

일러두기

1. 책에 등장하는 사건은 법원 홈페이지나 언론 기사를 통해 대중에게
   공개된 사실에 기초하고 있지만, 각 사건의 구체적 정보들은 피해자 보호
   차원에서 임의로 바꾸거나 삭제했다.
2. 이 책에 나오는 우리 사무실은 법무법인 온·세상을 가리킨다.

견고한 편견에 균열을 내고 싶습니다

〈밤쉘: 세상을 바꾼 폭탄선언〉. 방송계 거대 권력자의
성희롱에 용기 있게 맞선 실존 여성들의 외침을 담고 있는
영화다. 나는 스토리도 배우들 연기도 좋았지만 영화의
실제 주인공인 피해자들이 영화를 함께 본 후 마주 앉아
때론 진지하게 때론 웃으며 이야기하는 모습이 너무
인상적이었다. 솔직히 말하면 부러웠다. 우리나라에서는
좀처럼 볼 수 없는 장면이다.
　　오프라 윈프리는 어떤가? 열네 살 때 친족 성폭력
피해를 입었지만, 주변의 적극적 지지로 당당하게
학교생활을 하고, 지금은 세상에서 가장 유명한
방송인으로 활동하고 있다. 예전에 읽었던 책 중에 이런
인상적인 대목도 있었다. '독일 작은 마을에서 초등학생이
성폭력 피해를 입게 되자, 또래 친구들이 팀을 짜서
피해 학생과 함께 등하교를 해주었다'라는 내용이었다.

우리나라에서 어린 오프라 윈프리를 만나기는 어렵다.
피해 학생과 함께 등하교하는 또래 친구들도 보기 어렵다.
드러내지 않기 때문이다. 아니 드러내지 못한다.

성폭력이 발생했을 때 피해자와 그 가족들이
드러내지 않으려 하는 이유는 다름 아닌 우리들 때문이다.
우리의 편견이 그들을 움츠러들게 하고 그들의 마음을
위축시킨다. 오래전 친족 성폭력 피해자를 상담했었다.
성폭력으로 얻은 상처에 가족이 다시 상처를 덧입힌
피해자였다. 부모님께 성폭력 피해를 말한 후 집을 나오게
되었다고 한다. 가해자가 친오빠였는데 부모님이 "집안
망신시키지 말고, 오빠 앞길 가로막지 말고 네가 집을
나가라"고 했다는 것이다.

우리 사회에서 성폭력 피해는 '피해'가 아닌 '가해'다.
성폭력 피해자는 '피해자'가 아닌 '가해자'다. 가해자를
향해야 할 비난은 구부러진 화살 마냥 피해자를 향한다.
가해자가 유죄판결을 받았거나 말았거나 아랑곳하지
않은 채 피해자가 가해자다. 성폭력 증거가 없으면
피해자는 '명확한 가해자'가 되고, 성폭력 증거가 명백하면
'합의도 해주지 않는 야박한 가해자'가 된다. 가해자가
자살하면 피해자는 '살인녀'가 되고, 가해자가 이혼하면
'가정파탄범'이 되고, 가해자가 파면되면 '잘나가는 직장

상사 모가지 자른 사람'이 된다. 지독한 편견이다. 이 견고한 편견에 균열을 내고 싶다. 그런 마음으로 이 책을 쓴다.

★

겉으로 봐서 멀쩡한데 정말 피해 입은 것 맞아?
진짜 싫었으면 왜 도와달라고 소리 지르지 않았겠어?
성폭력 피해를 입었다면서 가해자 집에 놀러 가는 게 말이 돼?
그런 일 있고 친구들과 클럽 가서 노는 게 정상이야?
피해자 맞네, 근데 저 사람은 이제 제대로 살 수 있겠어?

이 책을 읽는 분들이 책을 덮을 즈음에는 이런 의구심에 어떻게 답을 해야 할지 머릿속이 선명해지면 더할 나위 없이 행복할 것 같다.

마지막으로, 성폭력 피해자들이 죽지 못해 겨우 살 것이라 생각하지 않았으면 좋겠다. 살면서 언뜻언뜻 힘들었던 기억으로 주춤하는 나날들이 있다. 나도 그렇고 당신도 그렇듯이 피해자들도 그러할 뿐이다. 어느 순간부터 나는 성폭력 피해를 '영혼의 살인'이라고 부르는 것에 동의하지 않는다. 살인은 존재를 없애 버리는 것이다. 성폭력 피해를

7

입었다고 해서 피해자의 보통의 삶이 사라지는 것은
아니다. 단지 그 삶을 유지하기 위해 남들보다 더 많은
에너지를 써야 할 뿐이다.

　　한국 미투#Metoo 피해자들이 한자리에 모여 웃으며
이야기하는 날이 오기를 희망한다. 당신 옆에 성폭력
피해입은 학생이 있다면 친구들이 팀을 짜서 등하교를
함께하는 그런 날이 오기를 소망한다.

2023년 2월
'온·세상, 따뜻한 세상'에서
김재련

차례

1장 당신은 어디에 서 있나요?

마음에 든 멍을 볼 수 있다면
─성적 자기결정권

"도대체 무슨 피해를 입었다는 거야? 겉으로 봐서는
멀쩡한데……." 성폭력 피해가 알려졌을 때 우리들이
흔히 하는 말 중 하나다. 사람들은 유독 성폭력 사건
피해자에게 쉽사리 공감하지 못한다. 왜 그럴까?
성폭력 사건의 보호법익을 제대로 모르기 때문이다.
보호법익이란 어떤 범죄로부터 국가가 법적으로
보호해주려고 하는 개인의 권리 또는 사회의 가치다.
살인사건이 발생했을 때 사람들은 '정말 죽은 것
맞아?'라고 의심하지 않는다. 방화범이 집을 홀라당
태웠을 때 '정말 불난 것 맞아?'라고 되묻지 않는다.
눈으로 피해 결과를 볼 수 있기 때문에 의심하지 않고
피해자와 그 가족에게 공감하게 된다.
　　성폭력의 경우는 어떤가. 피해 결과를 눈으로 확인할
수 있는가? 강간 피해를 입었다는데 겉으로 봐서는
멀쩡하다. 어떤 피해를 입었는지 눈으로는 도무지 확인할
수가 없다. 피해자가 저항하다가 맞았다면 얼굴에 든
파란 멍이라도 확인할 수 있다. 그러나 엄밀히 말하면 그

멍은 폭행의 결과이지 성폭력의 결과는 아니다. 그렇다면 성폭력의 결과는 무엇일까? 성폭력은 피해자의 어떤 권리를 침해했기에 범죄로 처벌하는가?

성폭력 범죄의 보호법익은 '개인의 성적 자기결정권'이다. 이것은 성과 관련된 의사결정의 자유를 의미한다. 우리 판례는 '원하지 않는 사람으로부터 원하지 않는 방식으로 성적 자유를 침해당하지 않을 권리'를 그 보호법익으로 보고 있다.

이러한 의사결정의 자유는 그 침해 결과를 우리 눈으로 확인하기 어렵다. 가령 누군가 내가 원하지 않는데 순식간에 옷 위로 내 가슴을 만졌다고 하자. 마땅한 행위라고 생각하는 사람은 없을 것이다. 성추행이라는 것에 이의를 달 사람도 없을 것이다. 피해자 의사에 반해 가슴을 만지는 순간 즉각적으로 피해자의 성적 자기결정권이 침해된다. 그런데 그러한 피해 결과는 우리 눈으로 확인할 수 없다. 옷 위로 가슴을 만졌으니 지문을 확보하기도 어렵다. 피해자 의사에 반해 이루어진 추행이라는 것을 무엇으로 증명할 수 있을까? 가슴이 밀가루 반죽이면 만져진 형태 그대로 추행 피해를 눈으로 확인할 수 있으련만 그럴 수도 없다. CCTV라도 있으면 좋겠지만 단둘만 있는 공간이라 대개 CCTV도 없고 목격자도 없다. 딱히 보여줄 수 있는 객관적, 물리적,

시각적 증거가 없다는 말이다.

피해자가 피해 사실을 말하고 다니면 좀 더 공감해
주려나? 그렇지 않다. 교통사고 피해자는 거리낌없이 직장
상사에게 "반차 사용하겠습니다. 교통사고를 당해서 병원
가야 할 것 같아서요"라고 말한다. 그러면 "어, 그래 잘
다녀와, 큰일 날뻔했네"라며 상사도 함께 걱정해준다.
　　반면 성폭력 피해자는 직장 상사에게 피해 사실을
드러내는 것이 조심스럽다. 경찰 조사를 가야 해서
부득이 사정을 말하긴 해야 한다. "부장님, 저 성폭력
피해를 당했어요. 피해 진술하러 가야 해서 반차
사용하겠습니다"라고. 상사는 "어…. 그래, 알았어"라고
말하긴 한다. 그리고 머릿속으로 생각한다. '쟤는 그게 뭐
자랑이라고 떠들고 다니는 거지? 대충 둘러대고 조용히
갔다 오면 될 일을 가지고…'라고 말이다. 성폭력을 숨기는
것이 마땅하다는 편견이 작동한 것이다. 이런 낡은
편견 때문에 피해자들이 주변에 피해를 쉽게 드러내지
못한다. 눈으로 피해 결과를 확인하기 어렵고 피해자가
피해를 드러내지도 못하다 보니 피해에 대해 제대로
알기도 어렵고 그만큼 피해자에게 공감하기 어렵게 된다.
악순환이다.
　　'증거를 가지고 오면 믿어 주겠다'고 짐짓 합리적인

척하는 사람들이 우리 주변에는 많다. 보호법익도 제대로 모르기에 하는 소리다. 그 사람들이 요구하는 증거라는 것이 애당초 존재하기 어려운 것이 바로 성폭력 사건이다. 증거가 없으면 내 가슴을 함부로 만진 사람을 처벌하지 말아야 할까? 허락하에 만졌다면 죄가 되지 않는다. 피해자 의사에 반하지 않기 때문이다. 허락 없이 만졌다면 범죄다. 피해자 의사에 반하는 성적 접촉이기 때문이다. 결국 '피해자의 의사'에 반하는 성적 접촉인지가 관건이다. 추행이든 강간이든 마찬가지다.

비동의간음죄 입법화 관련 최근 논쟁이 많다. 동의 여부에 따라 성폭력·성추행 유무죄가 판가름 난다. 보호법익이 의사결정의 자유이기 때문에 불가피한 핵심 쟁점인 것이다. 동의한 것을 입증하지 못해 억울한 처벌을 받을까 봐 염려하는 사람들이 꽤 있다. 그걸 왜 염려하는가? 그 염려는 동의해놓고 피해 입었다고 주장하는 사람이 많다는 전제에서 비롯된 것이다. 과연 그런가? 그런 염려로 무고죄 형량 강화 추진하는 거 아닌가. 그런데 실제 성폭력 사건에서 무고죄 비율이 다른 범죄 무고죄 비율보다 높은가? 그렇지 않다. 전제부터 잘못된 매우 불쾌한 염려다.

오래전부터 우리 법원은 피해자 의사에 반하는 추행 행위는 그 자체로 폭력을 내포하고 있어 강제추행에

해당한다고 판단해 오고 있다. 2019년경에는 피해자의
의사에 반하는 성기삽입행위가 그 자체로 폭력이기
때문에 강간에 해당한다고 판단했다. 따라서 강제추행,
강간이 성립하기 위해 '반드시' 물리적인 폭력이 별도로
있어야 하는 것은 아님을 분명히 하고 있는 것이다.
강간죄를 비동의간음죄로 개정하는 것은 뒤처진 법
규정을 법현실에 맞추는 지극히 당연한 과제다. 그럼에도
여전히 형법에서 폭행, 협박을 강간 성립요건으로
규정하고 있는 것은 법에 의한 폭력이 아닐까 생각한다.

성폭력 사건 형사재판부는 피해자의 진술 신빙성을
판단의 중요한 근거로 삼는다. 피해자와 가해자 단둘이
있는 상황에서 발생한 성폭력의 경우 양측 진술이 다를 때
피해자의 말이라고 해서 무조건 믿어주는 경우는 없다.
　　당시 두 사람이 어떤 말과 행동을 했는지, 가해자가
구체적으로 어떻게 피해자를 추행했는지, 왜 가해자
혼자 있는 방에 피해자가 들어간 것인지, 사건 발생 이후
가해자에게 보낸 문자는 무슨 의미인지, 가해자를 다시
만난 이유는 무엇 때문인지, 성폭력 피해를 입었다면서
왜 SNS에 친구들과 여행 와서 즐겁다는 글을 올렸는지,
신고하지 않고 왜 합의금을 요구했는지, 혹시 통장 잔고가
마이너스는 아닌지 묻고 또 묻고 관련 자료를 요청한 후

피해자 진술이 객관적 정황과 얼마나 맞아떨어지는지 꼼꼼히 확인하고 검증하는 과정을 거친다. 그런 험난한 검증 과정을 거친 후 비로소 피해자 진술의 신빙성이 부여되는 것이다.

박원순 서울시장 사건을 보자. 피해자는 서울시청 공무원이었다. 비서실로 사실상 차출되어 근무하면서 시장이 밤에 보내는 문자, 속옷만 입은 채 찍어 보내는 사진을 시청 근무 동료들에게 보여주면서 불편함을 호소했다. 친한 친구와 함께 있던 중 시장이 한밤중에 피해자에게 보낸 문자를 친구가 직접 보기도 했다. 국가인권위원회는 피해자 동료들, 피해자 친구, 피해자 지인 등에 대한 조사를 통해 피해자의 진술이 사실에 들어맞는지를 확인하였다. 그 결과 피해자가 제출한 자료, 관련 참고인들 진술, 피해자 진술을 종합하여 '성희롱' 결정을 내린 것이다.

똑같은 범죄 피해자임에도 유독 우리는 성폭력 피해자에 대해 지독한 편견을 가지고 있다. 그리고 그 편견은 가해자 중심주의와 결합하여 피해자를 향한 2차 피해로 이어진다. 피해를 입게 되면 그다음은 회복의 과정으로 돌입해야 한다. 그런데 성폭력 사건은 피해를 드러낸 이후 회복의 과정이 아닌 2차 피해의 검은 터널 속으로 들어가게 된다. 터널 지붕은 단단한 '가해자 중심주의'로 이어져 있다. 그리고 '성인지 감수성'은 그 터널 아래 깊숙한 지하에 봉인 상태로 잠겨 있다.

남편 해장국 끓여 주는 매 맞는 아내
—행위자 관점, 피해자 관점

절도사건, 살인사건, 교통사고 등은 피해자에게 쉽게
공감하는데 성폭력 사건일 때는 그 쉬운 공감이 바로
작동하지 않는다. 공감은 커녕 피해자 말이 사실일까,
무슨 의도로 그런 말을 할까?라고 근거 없는 의심의
잣대를 피해자에게 들이댄다. 더 나아가 가해자가 처한
상황을 안타깝게 생각하고 그런 상황을 초래한 피해자를
원망하거나 비난하기도 한다. 폭력을 피해자 관점이 아닌
행위자 관점에서 바라봐서 그렇다.

관점은 사물이나 상황을 바라보는 인식의
기준점이다. 아빠가 집에 있는 야구방망이를 가지고 학원
자주 빠지고 거짓말하는 아이 엉덩이를 때렸다. 행위자
관점에서 보면 자식 잘되라고 그런 것이다. 오랜만에
회식인데 다들 말없이 밥만 먹고 있다. 그러자 부장이
듣기 거북한 성적 농담을 시작했다. 행위자 관점에서는
회식 자리가 썰렁해서 분위기 띄워볼 요량으로 그런
농담을 한 것이다. 행위자 관점에서 폭력을 바라보면
'자식 잘되라고 때린 것이고, 회식 분위기 띄우려고 한

말인데 그걸 아동학대로 신고하고, 성희롱으로 신고하는
게 말이 돼?'라며 행위자에게 공감하고 피해자를 비난하게
된다. 행동 자체를 보기보다는 그 행동을 한 의도에
귀 기울이느라 피해자가 그 행동으로 겪었을 불편함,
두려움에 대해 들여다보지 못 한다.

　집에서 열대어 구피 몇 마리를 키우고 있다. 수놈은
여러 마리인데 암놈은 몇 마리 죽어서 딱 한 마리 남았다.
배가 볼록해진 암놈 구피가 헤엄치는데 덩치 좋은
수놈 한 마리가 계속 뒤쫓아 다닌다. 그 모습을 보던
이모님이 감동한 표정으로 "수컷이 대단해요. 암컷을 엄청
사랑하고 아끼나 봐요"라고 말했다. 그 말에 나는 "암컷
입장에서는 엄청 불편하고 짜증 날 수도 있겠는데요. 거의
스토커 수준으로 졸졸 따라다니잖아요"라고 했다.

　폭력을 바라보는 관점이 이 대화에서도 잘 드러난다.
수놈 입장에서는 사랑이지만 암놈 입장에서는 불편할 수
있다. 좋아해서 밤낮없이 전화하고 그 집 앞에서 몇 시간씩
서 있는 사람 얘기를 듣고는 "사랑해서 그런 거잖아, 너무
낭만적이다. 좀 만나주지 너무 야박하네"라는 반응들.
이런 것들이 모두 행위자 관점에서 비롯된 생각들이다.
공감이라는 생각 주머니가 행위자에 대한 공감으로
가득하다 보니 피해자는 공감 주머니 밖으로 밀려나고 또
밀려난다.

부모 입장에서는 '사랑의 매'이지만, 자식 입장에서는 야구방망이는 무서운 '폭력 도구'일 뿐이다. 행위자 관점에서 보면 직장에서 성폭력이 발생했을 때 '대충 사과받고 넘어가지, 회사 분위기 다 망치네, 예민해서 말이나 붙일 수 있겠어'라는 반응이 나오게 된다. 그리고 사과를 받아주지 않는 피해자가 야속해 보이고 야박한 피해자 때문에 합의를 못 해 징계를 받거나 수사와 재판을 받아야 하는 가해자 처지가 안타깝게 느껴진다. 그런 관점에 서 있다 보니 가해자가 탄원서를 써 달라고 하면 '솔직히 그 직원이 좀 예민한 편이다. 부장님은 유능하고 성실하고 대인관계도 좋은 사람인데 불미스러운 일에 연루되어 너무 고통스러워한다. 오래 같이 일해봐서 아는데 부장님이 그런 나쁜 행동을 할 사람이 절대 아니다'라는 절절한 탄원서를 작성해서 가해자를 돕게 된다.

폭력에 관한 강의를 할 때, 청중에게 폭력 하면 무엇이 떠오르는지 물어보곤 한다. 대부분은 '때리는 것, 욕하는 것, 집어던지는 것'이라고 답한다. 이런 말들의 공통점은 어떤 '행위'라는 것이다. 행위에 초점을 두면 어떤 문제가 생길까? 그 행위가 나온 동기에 따라 어떤 사안은 폭력으로 보지 않게 된다. 행위자의 해명에 공감하면서 '폭력'의딱지를 떼어준다. 행위자 관점에 있는 사람들은 언제든지 행위자가 왜 그런 행동을 했는지 이해하고 공감해 줄 준비가 되어 있다.

그래서 이렇게 말한다. "내가 얘기 들어봤는데 너무 일 잘하고 이뻐서 격려해주려고 그런 거래, 그 사람 이상형이 딱 '너'라서 그런 거래, 옛날 여친이랑 너무 닮아서 한번 영화 보고 싶었던 거지, 아무 뜻 없었대. 그러니 이번만 봐줘"라며 오히려 피해자를 설득하기도 한다. "그렇게 사정 얘기해줬는데도 말을 안 듣네, 저래서 어떻게 사회생활 하나, 그렇게 예민하게 굴면 못써!"라며 용서해주지 못하는 피해자를 훈계하기도 한다.

폭력이 무엇인지 물어봤을 때 '너무 무서워서 눈앞이 캄캄한 것, 너무 겁이 나서 말문이 막혀 버리는 것, 너무 떨려서 심장이 쪼그라들 것 같은 것'이라고 답하는 사람은 거의 없다. 이 세 가지의 공통점은 '피해자 입장'에서 느끼는 폭력이다. 우리가 피해자 관점에 서지 않으면 제대로 공감하기 어려운 것들이다. 나의 입장이 아닌 상대방 입장에서, 행위자가 아닌 피해자 입장에서 그 행위가 두렵고 무섭고 떨리는 것은 아닌지 살펴봐야 한다. "내가 피해자였더라도 그 상황에서 문제 제기하기 쉽지 않았겠다, 갓 들어온 신입이 부장을 상대로 신고하는 게 얼마나 힘들었을까, 피해자 덕분에 회식 문화가 바뀌겠네."

이것이 피해자에 대한 공감이다.

사흘이 멀다 하고 남편한테 구타당하는 여성이 있다. 고등학교 다니는 두 아들이 건넌방에서 자고 있는데 한밤중에 들어온 남편이 트집을 잡아 자고 있는 여성을 두들겨 팼다. 이러다 죽겠구나 싶었지만 여성은 아무 소리도 지르지 않고 때리는 대로 맞았다. 매 맞은 여성은 새벽 일찍 일어나 남편을 위해 해장국을 끓인다. '새벽같이 일어나 해장국까지 끓여주는 것을 보니 전날 맞은 것은 별거 아닌가 보네', '남편이 때릴 때 소리 지르면 애들이 와서 말려줬을 텐데 안 그런 거 보면 별일 아니었던 모양이야'라고 생각한다면 당신은 어쩌면 가해자 중심주의에 빠져 있는 것이리라.

    피해 여성은 왜 소리 지르지 않았을까? 소리 지르면 고등학생 아들이 와서 말려줄 수 있을 텐데, 엄마는 왜 그러지 않았을까? 사실 여성은 남편의 폭력이 너무 고통스러웠다. 이러다 죽을 수도 있겠다는 공포가 밀려왔다. 그런데 여성은 그보다 더 큰 두려움이 있었다. 혹시 비명소리를 듣고 아들이 뛰쳐나와 엄마가 맞는 장면을 보고서 받을 충격이 얼마나 클지, 혈기 왕성한 아들이 혹시 이성을 잃고 아버지한테 대들다가 더 큰 비극이 발생하면 어쩌지 하는 두려움 말이다.

그래서 여성은 이를 악물고 참았다. 비명을 지르고
도움을 요청할 수 있는 그녀의 권리를 또 다른 누군가를
지키기 위해 포기한 것이다. 이런 마음을 이해하는 것이
피해자 관점이다. 그녀는 왜 다음날 새벽같이 일어나
남편에게 해장국을 끓여 주었을까? 남편이 이뻐서가
아니다. 그러지 않으면 아침부터 남편이 또 화를 내고
난리를 칠까 봐, 아이들이 맘 편히 학교 가게 하려고
아무렇지 않은 듯 아침을 차려준 것이다. 이런 피해자의
숨겨진 목소리에 귀 기울이는 것이 곧 피해자 중심주의다.

　내가 대리했던 사건 중에는 콩가루 집안이라고
동네에 소문날까 봐, 아빠가 감옥에 가게 될까 봐 겁나서,
엄마가 알게 되면 고통에 못 이겨 자살할까 봐 무서워서,
아버지가 알게 되면 가해자를 죽여 버릴까 봐 등의 이유로
피해 사실을 외부에 드러내지 못했다는 피해자들이
많다. 피해 사실을 드러내면 맞닥뜨려야 하는 현실에
대한 두려움, 성폭력에 대한 사회적 편견에 대한 두려움,
피해 사실을 드러낸 이후 일상의 안전이 지켜지지 않을
것이라는 불안감 등은 피해자들이 가지는 전형적인
두려움이다.

　물론 피해자들의 이런 두려움이 객관적이거나
합리적이지는 않다. 사건 바깥에서 이성적으로 판단을 할
수 있는 우리들 입장에서는 딸을 성폭행하는 아버지는

처벌받아 마땅하다. 그런데도 피해자는 가해자가 그 일로 처벌받을까 봐 두려워하고, 그 일로 가정이 깨질까 봐 겁내기도 한다. 중요한 것은 비합리적이긴 하지만 피해자는 그런 두려움 때문에 가해자의 성적 괴롭힘에 대항하지 못하게 된다는 사실이다. 성폭력 범죄는 사건 당시 피해자의 심리 상태를 기준으로 하는 것이지, 합리적 이성을 가진 우리의 심리 상태를 기준으로 판단하는 것은 아니다.

피해자 관점에서 보면 왜 피해자가 싫지만 싫다는 말을 할 수 없었는지, 성적 괴롭힘에 고통스러워하면서도 적극적으로 저항하지 못한 원인이 무엇인지, 심리적 두려움은 구체적으로 어떤 것에서 비롯된 것인지 조금 더 공감할 수 있을 것이다. 우리의 그런 공감이 피해자에게는 용기 내어 상처를 드러낼 수 있는 힘이 되어 준다.

강도에게 선물을 준 건가요?

—가해자 중심주의

성폭력 피해자는 가해자뿐 아니라 '가해자 중심주의'와도
끊임없이 싸워나가야 한다. 가해자 중심주의란 무엇인가?
성폭력 사건이 발생했을 때 가해자를 신줏단지처럼 잘
모셔놓고, 집요하게 피해자만 추궁하고 흔들어 대는
것이다. 그로 인해 매번 해명하고 증명하는 일은 피해자
몫이 되고 있다. '정말 싫었으면 소리를 질렀어야지',
'원치 않는 성관계였으면 바로 신고를 했어야지', '옆방에
동료들이 있는데도 가만있었던 건 본인도 좋아서 그런 거
아냐', '그러고도 어떻게 아무렇지 않게 다음 날 출근을 할
수 있지' 같은 피해자만을 향하는 편견 가득한 시선들.

그러나 성폭력 피해자가 현장에서 보이는 반응은 무척
다양하다. 우리들 통념과 다르게 피해자가 반응했다고
해서 가해자의 범죄가 부정되는 것은 아니다. 한밤중에
강도가 침입했다고 하자. 시퍼런 칼을 들고 귀중품을
내놓으라고 협박한다. 그 자리에서 소리를 질러 저항하지
않으면 강도 피해자가 아닌가? 건넌방에서 자는 고3
수험생 딸이 놀랄까 봐 덜덜 떨리는 손으로 장롱 안에

숨겨둔 귀금속을 강도 손에 쥐여주면 그것은 강도가
좋아서 준 선물인가? 강도를 당하고도 신고하지 않으면
강도 행위가 범죄가 아니라서 그런가? 소리 지르며
저항했다가는 생명까지 위험해질까 봐, 귀중품을 순순히
내주지 않으면 내 딸에게 피해 갈까 봐, 우리 집 주소를
아는데 신고를 했다가 혹시라도 보복당할까 봐…….
그래서 소리 지르지 못하고, 저항하지 못하고, 신고하지
못하는 것이다. 피해자 관점에서, 피해자를 중심에 두고
들여다보면 구구절절 이해가 된다.

　　성폭력 피해자의 심정 또한 강도 피해자의 것과
다르지 않다. 강도 피해자에게는 공감하면서 성폭력
피해자에게는 왜 공감하지 못할까? 성폭력 범죄와 그
피해자에 대한 편견이 가로막고 있어서다. 강도 피해자를
보고 평생 부끄러워서 어떻게 살까 생각하지 않는다.
성폭력 피해자를 보고는 평생 부끄러워 어떻게 살까
동정한다. 편견일 뿐이다. 부끄러울 일이 없다. 보호받아야
할 범죄 피해자일 뿐이다.

　　원하지 않는 성적 접촉이 있었을 때 피해자에게는
소리 지를 권리가 있지만 소리 질러야 할 의무는 없다.
단둘만 있는 공간에서 소리 지르고 저항할 경우 가해자는
더 큰 폭력을 가할 수 있다. 그 폭력으로 피해자가
돌이킬 수 없는 신체 피해를 입거나 생명을 잃을 수도

있다. 왜 저항하지 않았냐며 피해자를 몰아세우는 것은 성폭력 피해를 입지 않기 위해 너의 신체, 생명을 위험에 노출시키는 것을 감수해야만 한다고 강요하는 것과 같다. 이것은 피해자에 대한 사회적, 법규정적 폭력이다.

쉽게 이해될법한 예를 하나 들어보자. 어렵게 취업준비를 한 여성이 괜찮은 직장에 들어갔다. 업무보고를 하러 사장실에 들어간 그녀에게 사장이 몇 차례 성적 농담을 건넸다. 그 자리에서 "사장님, 그런 말씀 좀 불편합니다. 하지 말아주세요"라고 응대했다. 그 후 사장은 어떤 행동을 취할 것 같은가. 사장을 면전에서 무안 준 직원은 미운털이 박힐 수밖에 없다. 갓 직장에 들어온 직원이 업무가 능숙하면 얼마나 능숙하겠는가. 실수가 있을 때마다 과하다 싶은 질책과 비판이 뒤따른다. 그녀는 마음속으로 안다. 그때 성적 농담을 받아주지 않고 거절한 것 때문에 자신이 이런 괴롭힘을 받는다는 것을. 스트레스가 쌓이다 보니 일은 점점 더 힘들어진다. 결국 어렵사리 들어간 직장을 그만두고 나올 수밖에 없다.

너무 억울한 마음에 '모월 모시 사장이 성희롱했다'라고 뒤늦게 밝힌다. 피해 사실을 증명할 무슨 증거가 있는가. 마음먹고 녹음기 켜놓고 직장생활 하지 않는 한 그따위 대화를 증명할 증거는 없다. 사장은 항변한다. "업무 능력이 너무 형편없어서 야단쳤더니

억하심정에 허위주장을 하여 자신의 명예를 훼손시키고 있다"고. 사장은 무슨 증거가 있을까? 차고 넘친다. 낮은 업무평가서, 업무 지적하면서 야단친 장면을 목격한 직원들의 사실확인서, 실제 업무처리에서 직원이 한 실수가 담긴 보고서…….

이렇게 불쾌하고 어이없는 상황을 맞닥뜨리게 될 것을 예견하기 때문에 피해자들은 직장 상사의 성적 추근거림에 대해 처음에는 '농담이 과한 거겠지'라고 넘긴다. 그다음 더 수위 높은 농담을 하면 '성적 의도를 가지고 한 말은 아닐 거야'라며 스스로를 안심시킨다. 그 후 신체 접촉을 당하면 '똥 밟았다고 생각하자'라는 심정으로 참는다. 추행이 이어지면 '그때도 참았는데 참자, 어떻게 들어온 직장인데. 이제 와서 문제 제기하면 누가 내 말을 믿어주겠어, 증거도 없는데. 직장 안에 소문나면 불편해서 어떻게 회사 다니겠어'라는 심정으로 참고 또 참는 것이다.

그렇게 자신의 생계를 위해, 평온한 직장생활을 위해 참았는데 더 과도한 성적 접촉에 응해주지 않는다는 이유로 업무 능력을 핑계로 피해자를 교묘하게 모욕주는 일을 반복한다. 그러더니 그 직원의 경력에 전혀 맞지 않는 부서로 좌천시켜 버린다. 더 이상 자신의 성적 행위에 호응하지 않는 그녀가 눈엣가시였기 때문이다. 그동안

참아왔던 것이 한순간에 폭발하여 비로소 문제 제기를
하게 된다.

수많은 직장 내 성희롱·성폭력 사건 피해자들이 이러한
패턴을 예외 없이 겪는다. 그리고 2차 가해의 패턴
또한 무한 반복된다. 추행당했다는 증거를 공개하라고
추궁한다. 성희롱당했다는 증거를 제시하면 믿어주겠다고
압박한다. 업무보고 들어갔을 때 사장이 희롱했는데 무슨
증거를 피해자가 제시할 수 있는가? 단둘이 있는 사장
집무실에서 피해자를 슬쩍 포옹했을 때 무슨 증거가
존재할 수 있는가?
　　내가 대리한 성폭력 피해자 사건 1심 형사재판에서
재판장이 판결을 선고하면서 이런 말을 했다. "피고인의
변호인은 성폭력의 객관적 증거가 없다고 주장합니다.
그러나 성폭력 사건은 피해자가 마음먹고 해당 상황을
촬영하거나 녹음하는 경우가 아니면 객관적 증거가 있기
어렵습니다. 그렇기 때문에 피해자 진술의 신빙성에 관한
판단이 중요합니다."
　　그렇다. 피해자가 마음먹고 촬영하거나 녹음하지
않으면 성폭력 피해를 증명할 수 있는 객관적 증거를
확보하기 어렵다. 성희롱·성폭력이 발생한 장소가
피해자가 그 공간을 지배하거나 통제할 수 있는 곳이

아니라면 더욱더 어렵다. 사장 집무실에 CCTV가 있는가?
비서인 피해자가 사장실로 업무 보고를 가면서 언제
추행이 있을지 모르니 녹음기를 들고 들어가는가?

　　이런 상황에서 피해자만을 집요하게 흔들어대는 것이
공평한가?

이제는 가해자에게 물어야 한다.

　　　당신은 왜 자정이 넘은 시간에 비서에게 문자를
　　　보냈나요?
　　　당신은 왜 비서에게 당신의 호텔방으로 술을
　　　가져오라고 했나요?
　　　당신이 묵고 있는 호텔방 냉장고 안에는 술이
　　　없었나요?
　　　당신은 호텔 프런트로 전화하면 룸서비스를 받을 수
　　　있다는 사실을 모르나요?
　　　당신이 묵는 객실 안에는 프런트와 연결되는 전화가
　　　설치되어 있지 않나요?
　　　당신이 자정 넘은 시간에 연락했을 때 비서가 당신의
　　　요청을 거절한 적이 있나요?
　　　자정 넘은 시간에 술을 가져다 달라는 지시는 비서의
　　　공적 업무인가요? 사적 업무인가요?

당신은 비서에게 술을 방으로 가져다 달라고 했나요?
술을 문밖에 놓고 가라고 했나요?
당신은 당신의 요청을 받은 비서가 당신의 룸으로 올
때까지 무엇을 했나요?
당신의 요청으로 비서가 당신이 묵는 호텔방으로
왔을 때 방문은 닫혀 있었나요?
비서가 초인종을 누르면 문을 열어 줄 수 있는데,
호텔방문을 열어놓은 이유는 무엇 때문인가요?
비서가 당신의 호텔방으로 왔을 때 당신의 옷차림은
어떠했나요?
비서가 당신의 호텔방으로 왔을 때 호텔 가운 이외의
간편복은 전혀 없는 상태였나요?
당신은 성적 행위를 할 의도로 당신의 지시를 거부할
수 없는 비서를 한밤중에 호텔방으로 부른 것이
아닌가요?
술이 필요해서 비서를 호출했는데 방에 들어온
비서를 안은 이유는 무엇 때문인가요?

우리 사회에 깊게 뿌리내린 가해자 중심주의. 가해자를
신줏단지 모시듯 하면서 피해자만을 흔들어대는 가해자
중심주의는 '가해자에게 집요하게 묻는 것'으로 끝장낼 수
있다.

'나란히' 앉으면 '다정한'가요?
─성인지 감수성

'성인지 감수성'이라는 말이 그리 낯설지 않은 세상이
되었다. 사회적으로 이슈가 된 위력 성폭력 사건들 때문에
언론에서 이 말을 꽤 자주 언급한 덕분이다. 그런데 성인지
감수성이 정확히 어떤 의미인지 제대로 아는 사람은 많지
않은 것 같다.

성폭력 사건 전담수사관들 대상으로 성폭력 강의를
한 적이 있다. 성인지 감수성이 무엇인지 물었더니,
한 수사관이 "성인지 감수성요? 무조건 피해자 말
믿어주라는 것 아닌가요?"라고 답했다. 성인지 감수성을
근거로 판단하는 것이 불합리하다는 반감이 역력히 담긴
대답으로 느껴졌다. 그의 대답은 오해에서 비롯된 것이다.

성인지 감수성은 모호한 말이 아니다. 피해자 편을
들어주라는 의미는 더더욱 아니다. 성인지 감수성은
한마디로 성과 관련된 사건을 상담하거나 수사하거나
재판하는 사람은 특정 단어, 특정 장면을 근거로 판단하지
말고, 그런 말이나 행동을 하게 된 '앞뒤 맥락'을 꼼꼼히
살펴보라는 의미다.

군대에서 선임병이 폭언, 구타를 일삼지만
상관에게 보고하지 못한 채 참는 후임 병사들이 있다.
'신고함'이라든지 폭력 등 가혹 행위를 신고하거나 제보하는
제도가 있는데도 차마 피해 사실을 털어놓지 못한다.
혹시 필체를 확인하고 선임이 더 괴롭히면 어쩌나,
단둘이 있을 때 맞았는데 증거도 없이 어떻게 신고하나,
신고했다가 나만 조직 내 부적응자로 낙인찍히면 어쩌나
하는 불안감 때문이다. 그래서 가해자를 신고하지 못할
뿐 아니라 폭력을 행사한 선임병한테 오히려 잘 보이기
위해 과장된 말과 행동으로 비위를 맞추기도 한다. 심지어
선임병이 좋아하는 노래를 불러주면서 춤까지 춘다. 언뜻
보면 상습적으로 구타당하고 폭언 당한 사람이 할만한
행동으로 보이지 않는다.

하지만 후임병의 사정을 헤아리면 이해가 된다.
위계질서가 명확한 군대라는 점, 문제 제기했을 때
동료들이 상급자인 선임병 눈치를 볼 수밖에 없다는
점, 제대할 때까지 한참 남았으니 선임병과의 관계를
고려할 수밖에 없다는 점 등이 바로 피해자가 처해 있는
특별한 사정들이다. 개인이 처한 구체적이고 특별한
사정을 찬찬히 살펴보고 그 맥락 속에서 판단하라는 것이
'감수성'이다. 요컨대 감수성은 피해자가 처한 구체적
사정을 충분히 고려하고 앞뒤 맥락을 세세히 살펴서

피해자 진술에 신빙성이 있는지 판단하라는 것이다.

구타한 선임병에게 노래도 불러주고 춤도 춰 줬으면서 무슨 엉뚱한 소리 하냐고 반문하는 사람은 많지 않을 것이다. 군생활 경험, 직장생활 경험, 사회생활 경험을 해 본 사람들이라면 후임병의 그런 행동을 이해하는데 감수성 같은 것은 필요하지 않을 수도 있다. 자신의 경험을 통해 체화되었기 때문이다.

그런데 성폭력의 경우는 어떤가? 피해자와 같은 상황에 부닥쳐 본 사람은 성인지 감수성이 왜 필요한지 공감한다. 문제는 성폭력 사건을 수사하거나 재판하는 이들 중에서 그런 경험을 해 본 사람이 많지 않아 경험 감수성 수치가 매우 낮다는 것이다. 그래서 일반 사람들 특히 남자들의 경험치가 높은 군대 생활에서의 사례로 성인지 감수성을 설명해 본 것이다.

자동차 사고가 났는지 확인하기 위해 감수성을 가질 필요는 없다. 방화가 있었는지 알기 위해 감수성을 가질 필요는 없다. 피해자가 살해당했는지 판단하기 위해 감수성을 가질 필요는 없다. 피해 여부를 눈으로 확인할 수 있으면 범죄가 성립하는지를 판단하기 위해 피해자가 처한 구체적이고 특별한 사정을 고려할 이유가 없기 때문이다.

성폭력 사건에서 성인지 감수성을 요구하는
이유는 '성폭력 범죄가 개인의 성적 자기결정권이라는
의사결정의 자유를 침해한 것'이기 때문이다. 의사결정의
자유가 침해되었는지는 피해자가 심리적으로 혹은
물리적으로 '자기 의사를 자유롭게 밝힐 수 있는
상황이었는지'에 대한 판단에서 출발해야 한다. 그러기
위해서는 피해자와 가해자 관계의 본질, 사회적 지위나
직장 내 권력 차이 등을 종합적으로 고려해서 판단할
수밖에 없다.

가해자의 성적 요구가 불쾌하지만 불쾌하다는
말을 할 수 없는 경우가 있다. 가해자에 대한 심리적
부담이나 두려움을 가지고 있는 경우가 그러하다. 그
때문에 가해자에게 저항하지 못한다. 가해자 중에는
착각하는 사람들도 있다. '싫다고 하지 않았으니 동의한 거
아냐'라고. 그런 가해자들은 고소된 이후 '억울하다'라는
말을 아무렇지 않게 한다. '싫으면 싫다고 말했어야지'라고
주장하면서. 권력관계에서 비롯된 힘의 차이로 인해서
자신에게 주어진 권리를 제대로 행사하지 못한 채 성적
괴롭힘을 당하는 것이 위력 성폭력이다. 위력관계 때문에
피해자는 싫지만 싫다는 말을 감히 하지 못한 채 성적
괴롭힘을 당하는 것이다. "아니, 저렇게 많이 배우고
직장도 번듯한 사람이 싫다는 말을 못 한다는 게 말이

되냐"고 반문하는 사람들이 있다. 과연 그럴까?

대한민국 현직 검사는 왜 추행 피해를 입는 그 순간에, 그것도 주변에 많은 동료들이 있는 상황이었고, 공개된 장소였는데 가해자에게 '멈추라'고 말하지 못했겠는가. 위력관계, 권력관계 때문이다. 검찰 고위인사가 장례식장에서 검사를 추행했다는 사실이 세상에 알려질 경우 조직 이미지를 망칠지도 모른다는 불안감, 조용히 해결하지 않고 외부에 알렸다며 피해자를 향하게 될 조직 내부로부터의 부당한 비난, '저 검사가 장례식장에서 추행당했다는 그 검사야'라는 꼬리표가 직장생활 내내 따라다닐지 모른다는 불편함 등이 피해자가 그 자리에서 문제 제기하는 것을 막은 요인들이었을 것이다. 이처럼 피해자가 처한 구체적이고 특별한 사정을 정당한 이유 없이 함부로 배척하지 말라는 것이 성인지 감수성이다.

다시 강조하지만 성인지 감수성은 피해자 말을 무조건 믿어주라는 것이 전혀 아니다. 수사관이 피해자 말만 믿고 추가 수사 없이 성폭력 사건을 기소의견으로 송치해 버리면 어떻게 되겠는가. 빨리 기소하는 것보다 중요한 것이 제대로 수사하여 증거를 확보한 후 기소하는 것이다. 피해자 진술이 맞는지 최대한 적극 수사해서 가능한 모든 증거를 확보해 주어야 한다. 전체 맥락을 확인하고 그 맥락 속에서 확보할 수 있는 증거들이

추려지는 것이다. 성폭력 사건은 특히 초동 수사가
중요하다. 성인지 감수성은 어떤 면에서는 수사기관이
적극적으로 수사하여 추가 정황증거들을 확보하도록 하는
동력이 된다. 그렇게 확보한 증거가 피해자 진술과 얼마나
들어맞는지가 진술 신빙성 판단의 토대가 된다.

피해자가 만취한 상태에서 모텔로 이끌려 가는
CCTV 동영상, 사건 발생 직후 피해자의 체내 유전자채취,
가해자와 주고받은 핸드폰 문자 내용 포렌식 등 이런
것들은 일정 시간이 지나면 소실되어 버리는 중요한
증거다. 만취 상태로 끌려갔다는 피해자 진술을 그대로
믿게 되면 CCTV를 확보할 이유가 없다. 피해자 진술이
사실인지 확인하기 위해서는 CCTV를 확인해 보는
것이 가장 좋다. CCTV는 보통은 2~3주 단위로 길게는
2~3개월만 촬영 내용이 보관된다. 그 시기를 놓치면 증거
확보가 불가능하다. 수개월 동안 경찰 조사 및 검찰 검토를
거친 후 기소되었는데 피고인이 본격적으로 피해자의
만취 상태를 부인할 경우 CCTV가 확보된 경우와 그렇지
않은 경우는 유무죄에 영향을 미치는 정도가 달라진다.

여기서 한 가지 덧붙이고 싶다. 수사관이나 검사가 피해자
조사를 할 때 피해자가 사용하는 주관적 언어를 명확히
짚어 주어야 한다. 사람들은 각자 언어습관이 다르다.

무미건조하게 사실 위주로 말하는 사람이 있는가 하면 과장되고 주관적으로 말하는 사람들도 있다. 의도가 있어서가 아니라 단지 언어습관이 그렇다. 상대방 요구 때문에 원하지 않은 장소로 갔을 때 어떤 사람은 '끌려갔다'라고 표현하기도 한다. 원하지 않는 러브샷을 제안받았을 때 '강요당했다'라고 말하기도 한다. 상대방이 여러 차례 전화했을 때 '매일 전화했다'라고 진술하는 사람도 있다.

객관적으로 '끌려갔다'라는 것은 제 발로 걸어가지 않는 상황이다. 술자리에서 '강요당했다'라는 것은 싫다고 했는데 억지로 마시게 한 경우다. '매일 전화했다'라는 것은 단 하루도 빠지지 않고 전화했을 때다. 피해자는 주관적 언어습관대로 진술하고 수사관은 객관적 의미로만 그 말을 해석한다. 그러다 보니 CCTV를 통해 피해자가 제 발로 걸어가는 모습을 보면 거짓말한 것이 된다. 통화 내역을 통해 하루도 빠짐없이 전화한 사실이 확인되지 않으면 거짓말한 것이 된다. 회식 자리에 참석한 동료들이 피해자가 거부하지 않은 채 러브샷 했다고 증언하면 피해자가 거짓말한 것이 된다. 그러니 피해자가 끌려갔다고 진술하면 수사관은 '끌려갔다'라는 말이 어떤 의미인지 확인해야 한다. 피해자가 강요당했다고 진술하면 '강요당했다'라고 말하는 이유가 무엇 때문인지

다시 질문해야 한다. 피해자가 '매일 전화했다'라고
표현하면 하루도 빠지지 않고 매일 연락 왔다는 것인지
물어봐 주어야 한다.

내가 피해자 지원을 할 때는 초기 상담 단계부터
주관적인 언어를 사용하지 말고 가급적 객관적인
언어로 진술하도록 조언한다. 판단은 수사관의 몫이니
스스로 유리할지 불리할지 고민하지 말고 사실 그대로
진술하라고 피해자에게 말한다. 혹여 돌이켜 보았을
때 자신의 행동 중 오해살 여지가 있거나 불리하다고
생각되는 부분이 있더라도 그 사실을 있는 그대로 밝히고,
왜 그런 행동이나 말을 할 수밖에 없었는지 사실대로
설명하면 된다고 얘기해 준다.

성인지 감수성을 이해할 수 있는 또 다른 예가 있다. 내가
다니고 있는 회사에 갓 입사한 신입 직원이 있다고 하자.
어느 날 기혼자인 회사 부장하고 신입 여직원, 둘이 영화를
보고 있는 걸 내가 우연히 보게 된다. 고개를 갸우뚱한다.
'왜 둘이 영화를 보러 왔지?' 영화를 같이 보러 가는 건
서로 친한 사이거나 연인들이 데이트하는 경우라고 흔히
생각하지 않는가. '이상하다, 갸우뚱하고' 몇 달 지나지
않아, 신입 여직원이 직장 부장에게 성폭력 피해를
입었다고 문제 제기한다. 그러자 부장이 반박하며 "내가

기혼자지만, 이 친구와 연애한 건 맞다. 도덕적으로 나를 비난할 수는 있겠지만, 나는 연애를 한 거지 성폭력을 한 건 아니다. 우리는 영화도 함께 보러 다니는 사이다"라고 해명한다.

그때 내 머릿속에는 두 사람이 나란히 앉아 영화 보던 장면이 떠오른다. 성인지 감수성이 없는 나는 그 장면 하나로 판단해 버린다. '부장 말이 맞아. 사실 내가 그 두 사람이 나란히 앉아 영화 보는 모습을 봤어'라고. 부장은 내가 한 증언에 힘입어 살을 덧붙인다. "아, 김 대리가 우리를 봤다니, 정말 다행이야. 확인서 하나만 작성해줘. 우리가 극장에서 다정하게 영화 보는 모습을 봤다는 내용만 적어주면 돼." 그리고 내가 봤던 사실을 확인서로 작성해 준다. '제가 두 사람이 다정하게 앉아 영화 보는 모습을 두 눈으로 똑똑히 보았습니다. 두 사람은 사귀는 사이가 틀림없습니다.' 내가 본 것은 그냥 두 사람이 '나란히' 앉아 있던 모습인데 내 확인서에서 그 장면은 '다정하게' 앉아 있던 것으로 각색된다.

왜 신입 직원이 기혼자인 부장과 영화를 보았을까? 부장의 집요한 요청 때문이다. 엄마, 아빠 생일이라고도 해보고 이미 돌아가신 친척분 장례식 핑계도 대면서 거절하다가 더 이상 뿌리칠 명분이 없어 '이러다가 미운털 박히면 어떻게 해, 영화 한 번 본다고 설마 무슨 일

나겠어'라는 체념으로 마지못해 영화를 보러 간 것이다.
부장이 팝콘 먹는 척하면서 은근슬쩍 피해자 쪽으로 손을
뻗는 것도 짜증난다. 옆에 앉은 부장 숨소리조차 거슬린다.
그런 고역스러운 상태에서 2시간 동안 영화를 봤을 뿐인데
'다정하게'가 웬 말인가. 마침 극장에서 그 둘을 목격한
회사 동료인 당신은 그 장면만을 본 것뿐이다. 누가 영화를
보자고 해서 극장에 가게 된 것인지, 피해자가 상사의
제안을 거절한 게 몇 번인지 당신이 알지는 못했던 것이다.
전체 맥락 속에서 피해자의 구체적 사정을 이해하는 것이
성인지 감수성이다. 신이 아닌 당신이 앞뒤 맥락 없이
어떻게 그 장면 하나만으로 전체를 판단할 수 있겠는가.
　　영화 관람 사례에서 전체 맥락은 왜 이 사람하고
극장을 가게 됐는지, 영화를 보러 가자는 제안을 누가 한
것인지, 그때 신입 직원은 어떤 방식으로 싫다는 의사를
표현했었는지를 구체적으로 묻고 대답하는 과정을 통해
확인된다. 피해자가 처한 구체적 사정을 읽어내는 것이
핵심이다.
　　그런데 직장 내 성폭력은 피해자가 피해 사실을
숨기려 하는 경우가 많다. 피해를 드러낸 이후에도 본인이
당사자라는 것조차 알려지길 원하지 않기 때문에 세세한
맥락을 동료들에게 말하지 않는다. 그러다 보니 사람들이
전체 맥락을 제대로 파악할 수가 없다. 피해자가 입을

닫는 것과는 대조적으로 직장에서 성폭력이 발생했을 때, 떠들고 다니는 사람은 대개는 가해자다. '억울하다. 명예가 훼손됐다. 얘가 먼저 나를 꼬셨다' 등의 이야기로 피해자에게 2차 가해를 한다. '능력 있는 사람인데 잘못 걸려들었네', '그 둘이 영화 보는 걸 직접 본 사람 있던데', '등산 간 것도 봤대' 이런 식으로 '카더라통신'이 떠돌아다닌다. 성인지 감수성 부재로 인한 결과다. 성인지 감수성을 가지게 되면 피해자에 대한 근거 없는 소문이 줄어든다. 앞뒤 맥락을 모른 채 그런 소문을 내는 사람에게 '멈추라'고 말할 수 있다.

직장 내 성폭력에 대해 문제 제기한 피해자가 그 조직에 계속 살아남아 있는지, 가해자가 징계 혹은 형사처벌 받았음에도 여전히 피해자가 '잘나가는 김 부장 모가지 자른 사람'으로 낙인찍혀 괴로워하다가 직장을 그만둬 버렸는지 통계 내 볼 필요가 있다. 피해자가 그 직장에서 살아남을 수 없는 조직이라면 또 다른 사건이 발생했을 때 피해자가 용기 내 신고하고 도움을 요청하기 힘들다. 법적으로 피해 입은 사실이 증명되고, 가해자가 처벌되었는데도 결국 피해자가 직장을 그만둔 선례를 보고 선뜻 용기 내기는 어렵기 때문이다.

직장 내 성폭력을 근절하기 위해 가장 중요한 것은 피해자가 사건이 마무리된 이후에도 계속 그 직장에서

안전하게 일할 수 있는 환경을 마련하는 것이다. 피해자를
편견 어린 시선으로 바라보고 낙인찍지 않는 것이 곧
안전한 근무 환경의 토대다. "아, 옛날에 우리 회사에서
성폭행 사건이 있었는데, 가해자는 해임되었고, 그
사건 피해자가 지금 능력 발휘하면서 멋지게 근무하고
있어"라는 선례가 생긴다면 피해자들은 누군가의
성추행에 대해 덜 참고 더 용기 내 신고하게 될 것이다.

　성인지 감수성은 결코 모호한 개념이 아니다.
주관적인 개념도 아니다. 피해자의 말을 믿어주라는 것은
더더욱 아니다. 특정 장면이나 특정 문자로 쉽게 판단하지
말라는 것, 전체적인 맥락 속에서 피해자가 처한 구체적
사정을 고려해서 판단하라는 지극히 상식적인 원칙이다.

2장 우리의 편견이
그들의 고통을 완성한다

핑크색보다 검은 머리칼이
더 진실한가요?
—피해자다움

성폭력 피해자에 대한 편견은 공감의 발자국을 피해자가
아닌 가해자로 향하게 만든다. '피해자가 신고하는 바람에
잘나가던 김 과장이 직장을 잃게 되었어', '가정도 파탄
나게 되었다네, 정말 능력 있던 사람인데 안타깝네', '회사
이미지 망쳐놓아서 근무할 맛이 안 나', '김 과장 부인이
빌면서 합의해 달라고 했는데 야멸차게 거절했다더라'
등의 말로 피해자를 비난한다. 전형적인 2차 가해다.

졸지에 피해자는 잘나가는 김 과장 발목 잡은 악녀가
되어버린다. 가해자 가정이 파탄 난 것에 대해서도
피해자에게 죄책감을 심어주려 한다. 합의해 주지 않는
것조차 비난의 대상이 된다. 어디까지 피해자가 책임져야
하는가? 피해를 감수할 책임, 가해자의 가정을 지켜줘야
할 책임, 가해자의 배우자 심경까지 헤아려줘야 할
책임, 가해자를 용서해 주어야 할 책임, 회사 이미지를
회복시켜야 할 책임, 직장동료들이 아무 일 없었던 것처럼
신바람 나게 일하도록 할 책임까지 져야 하는가?

성폭력 피해자에 대한 편견은 결국 피해자들을

위축시키고 움츠리게 한다. 이런 편견 때문에 참고
견뎌내다 터져 나온 것이 성폭력 고발 운동 미투#Metoo다.
미투 이전과 이후는 달라야 한다. 그런데 달라지지 않았다.
여전히 피해자는 2차 가해의 화형대 위에 놓여있다.
대한민국을 뒤흔든 미투 사건 피해자들을 보라. 그녀들을
올려놓은 화형대 밑으로 장작을 집어 던지는 사람들이
보이지 않는가.

피해자에 대한 편견에 맞물리는 것이
'피해자다움'이다. '피해자라면 이러이러할 것이다'라는
생각은 근거 없는 편견에서 비롯된 것이다. 당신이
생각하는 이상적인 피해자는 이 세상에 존재하지 않는다.
피해자로서 마땅히 보여야 할 행동이라는 것은 없다.

한마디로 '피해자라면'은 존재하지 않는다.

피해자라면 성폭력 피해 입은 후 가해자 집에 놀러 갈
수 있겠어?
피해자라면 성폭력 피해 입은 다음날 가해자가 먹을
음식 찾으러 다니겠어?
피해자라면 성희롱 피해 입은 후 가해 교수 수업 들을
수 있겠어?
피해자라면 성폭력 피해 입고서 친구들이랑 나이트

가서 놀 수 있겠어?
피해자라면 성폭력 피해 입은 지 며칠도 안 지나
SNS에 활짝 웃는 사진 올릴 수 있겠어?

과연 그런가? 위에 열거한 이 모든 것들은 성폭력 피해와
양립 가능하다.

'피해자라면 이러이러해야 한다'라는 '피해자다움'은
단언컨대 허상이다. 피해를 입은 후 가해자인 상사가
집들이한다고 직원들 초대하면 같이 갈 수 있다. 그
자리에서 동료들이 웃기는 농담을 하면 웃고 깔깔대기도
한다. 사무실에 출근해서 가해자에게 멀쩡한 척 배꼽
인사를 하며 근무할 수 있다. '목구멍이 포도청'은 아니어도
성폭력 피해 입었다고 일할 권리까지 포기해야 하는
것은 아니니까. 성희롱 피해 입었지만 전공필수 과목인
가해자 강의 듣지 않으면 졸업 못하니 수업 들을 수밖에
없다. 스승의 날 교수에게 편지 쓰면서 '존경한다'라고
말할 수밖에 없다. 성폭력 피해를 입었지만 친한 친구들
만나면 잠시나마 즐겁다. 그래서 SNS에 친구들과 놀아서
행복하다는 마음을 표현할 수 있다. 피해는 피해인
것이고, 그 이후 삶은 피해자의 성향, 기질, 환경에 따라
각양각색으로 이어진다.

성폭력 사건을 다루는 재판부에서도 이미
피해자다움을 들어 피해자 진술의 신빙성을 함부로
배척하지 않도록 기준을 제시하고 있다.

성폭력 피해자의 대처 양상은 피해자의 성정이나
가해자와의 관계 및 구체적인 상황에 따라 다르게
나타날 수 있는 것으로 강제추행 행위 당시 곧바로
피해자가 주위에 구체적 도움을 요청하지 않았다는 점
등을 들어 추행에 관한 피해자 진술 신빙성이 없다고
볼 수 없다.

과거 지원했던 사건 중에는 성폭력 피해를 입은 직후에
경찰 조사를 받으면서 울지 않았다는 이유로 피해자가
맞는지 의심받은 적도 있었다. 경찰이 기소의견으로
송치한 사건이고 추가 조사할 것도 없어 보이는데 검사가
기소하지 않고 계속 사건을 가지고 있는 것이다. 답답한
마음에 검사에게 직접 전화해서 피해자가 더 보완해야
할 자료가 있는지 에둘러 물어보았다. 그러자 검사가 "이
사건 피해자는 좀 이상한 것 같아요. 제가 기록을 봤는데요
성폭력 피해 직후에 피해자 조사를 받았는데 전혀 울지
않았더라고요"라고 말했다. 내가 봤을 때 이상한 사람은
피해자가 아니라 그 검사였다. 검사가 무슨 생각으로

사건을 계속 가지고 있었는지 짐작되는 질문이었다.

그런 말을 하는 검사에게 "검사님, 피해자라고 해서 항상 조사받을 때 우는 것은 아니랍니다"라고 말하는 것은 아무 의미가 없을 것 같았다.

대충 통화를 마무리한 후 그 질문에 나 혼자 대답을 해 보았다. '새벽 무렵에 조사받았으니 기진맥진해서 울 힘도 없었겠지, 병원에 갔다가 경찰서 갔으니 피곤하고 졸리지 않았을까?' 등등. 그러다가 피해자가 성폭력 피해를 입은 직후부터 첫 경찰 조사 받기까지의 동선을 다시 확인해 보았다. 막연한 편견이나 의심으로 피해를 믿지 못하는 사람에게 가장 명확한 반박은 객관적 증거를 찾아 제시하는 것이다. 그래야 의심의 꼬리를 내리게 된다. 우리는 피해자가 성폭력 사건 직후 병원에서 의사로부터 처방받은 약 처방 기록지와 해당 약이 신경안정제라서 외부 자극에 둔감해지는 효과를 가지고 있다는 참고 자료를 제출했다. 그제야 검사는 울지 않은 이유가 납득되었는지 기소를 해 주었다.

성폭력 피해자는 울 것이라는 생각은 어디에서 비롯된 것일까? 검사가 드라마를 너무 많이 본 것일까? 아니면 어디 교과서에 그런 내용이 실려 있나? 저명한 교수가 쓴 논문에 나오는 학설인가? 범죄 발생 당시 그리고 그 이후 피해자가 보이는 반응은 매우 다양하다.

어떤 사람은 피해 현장에서 자기 몸에서 나는 피를
보고 기절하기도 하지만, 어떤 사람은 피 흘리는 장면을
동영상으로 촬영하기도 한다. 누군가는 장난감 권총을
보고도 기절하지만, 다른 누군가는 총으로 위협받는
상황에서 가해자를 제압하기도 한다. 범죄 피해에
대응하는 방식은 그 사람의 기질, 성장 과정, 주변의
지지기반 등 개인적 환경에 따라 제각각일 수밖에 없다.

슬픈 영화를 보면서 눈물 한 방울 흘리지 않는 사람이
있는가 하면 코믹 영화를 보면서도 남들 다 웃는 장면에서
눈물샘이 빵 터지는 사람도 있다. 내가 울지 않았다고 해서
슬픈 멜로가 코믹 영화가 되는 것은 아니다. 피해자가
진술하면서 울지 않았다고 해서 성폭력이라는 팩트가
부정되는 것은 아니다.

피해자에 대한 편견은 일반인들에게만 한정되는
문제가 아닌 듯하다. 수사관도 검사도 판사도 그러한
편견으로부터 완전히 자유롭지 못한 것 같다. 나 또한
불필요한 편견이 작동하여 사건에 영향을 주지 않도록
피해자에게 몇 가지 당부를 한 경험이 있다. 배꼽티 입고
피어싱 하고 눈에 컬러 렌즈 낀 피해자에게 경찰 조사
갈 때는 피어싱 빼고 수수한 옷 입고 컬러 렌즈도 빼고
가면 좋겠다고 말한 적이 있다. 가슴 많이 파인 옷을 즐겨

입는 피해자가 있었는데, 경찰 조사받으러 갈 때 목까지
올라오는 셔츠나 블라우스를 입고 가자고 한 적이 있다.
핑크색 머리 염색을 한 피해자에게 법정에 증인으로
출석하는 날에는 어둡게 염색하고 가면 좋겠다는 제안을
한 적도 있다. 피해자의 겉모습을 보고 수사기관과
사법부의 편견이 작동하지 않도록 하고 싶었기 때문이다.

　지난해 여름, 내 어린 의뢰인이 자신의 성폭력 경험을
1인극으로 공연하는 것을 관람하면서 나의 그런 조언
또한 피해자에게 상처가 되었다는 것을 깨달았다. 무대
위에서 "왜 옷은 얌전하게 입어야 하나요?, 왜 머리 염색은
바꿔야 하나요?"라고 울부짖는 장면을 보면서 눈물이
흘렀다. 공연이 끝나고 그녀를 끌어안고 "그렇게 말해서
미안하다"라고 사과했다. 변호사님한테 한 말이 아니라고
했지만 그녀뿐만 아니라 다른 피해자들에게도 그런
말을 했던 적이 있는 나는 그들의 상처에 대한 책임에서
자유롭지 못하다는 것을 뒤늦게 깨달았다.

　어쩌면 나는 편견으로부터 그들을 보호한다는
명분으로 그들의 존재를 그 자체로 존중하지 못했던 것은
아니었을까. 피해자를 대리하는 내가 그들을 있는 모습
그대로 변론하지 못하면서 피해자에 대한 편견을 깨야
한다고 외친 것은 그 자체로 모순이었다. 수사기관과
사법부가 가진 편견을 깨려면 피해자가 있는 그대로의

모습으로 그들 앞에 서는 것에서 시작되어야 했다. 그런데 변호사인 내가 그들의 편견에 제대로 맞서지 않은 채 오히려 그들의 편견을 강화되는데 일조했던 것이다.

변호사 활동 20여 년 동안 구조 사건을 포함해서 약 1천여 건의 성폭력 사건을 대리했다. '구조 사건'이란 성폭력 피해자가 무료로 변호사를 통해 법률지원을 받을 수 있게 연결해주는 제도다. 20년 동안 내가 만나왔던 피해자들 중 같은 모습을 한 사람은 단 한 명도 없었다. 생김새도 성격도 사건을 대하는 태도도 모두 달랐다. 정형화된 피해자는 없었다는 얘기다. 피해를 입어서 피해자라고 부르는 것이지, 그 외 일상은 각자의 방식으로 살아갈 뿐이다.

스트레스 때문에 직장을 바로 그만둔 사람, 아무렇지 않은 듯 직장생활하고 가족들에게조차 말하지 않은 사람, 남자친구에게 피해 사실을 말해 남자친구가 더 분노했던 사례 등 정말 각양각색이다. 자신의 일이기 때문에 의견서 한 장도 꼼꼼히 살피는 사람이 있고, 가해자 측의 형사합의 의사를 전달하면 혹시 변호사가 상대방과 모의한 것은 아닌지 의심하는 피해자도 있었다. 사건이 끝난 후 바라던 결과가 나오지 않았는데도 그동안 감사했다고 인사하는 의뢰인도 있고, 변호사가 제대로 일을 안 해서 결과가 좋지 않은 것이라고 항의한 의뢰인도 있었다.

당연한 말이지만 피해자라고 해서 완전무결한 인격체는 아니다. 피해자도 부족한 게 많은 보통 사람이고 변호사도 흠결 많은 인간일 뿐이다. 완벽한 인간의 피해만이 구제받을 수 있는 것은 아니다. 성폭력이라는 것은, 전과가 있는 사람이든, 성매매업소에서 일하는 사람이든, 업무 능력이 부족한 사람이든 문제가 된 특정 사건으로 인해 누군가의 성적 자기결정권이 침해되었는지 판단 받는 것이지, 그 사람의 전 생애를 놓고 무결함을 판정 받는 것이 아니다.

몸에만 골격이 있는 게 아니다

—트라우마

2018년 1월 현직 검사의 미투가 있었다. 그해 3월에는
안희정 충남도지사의 위력 성폭력에 대한 공무원
김지은의 미투로 이어졌다. 한국사회에서 역사적인
미투의 시작이었다. 그 후 연극계, 영화계, 학교에서
연이어 미투 운동이 터져 나왔다.

　　그런 와중에 한국성폭력위기센터로부터 스쿨 미투
상담 의뢰를 받았다. 지방에 거주하는 피해자 여럿이 함께
상담을 하러 왔다. 여성뿐 아니라 남성들도 있었다. 모두
10명 정도 되었다. 중고등부 태권도 선수로 활동하던 시절,
자신들을 지도하던 사범으로부터 성추행·성폭력 피해를
지속적으로 입은 사건이었다.

　　내가 피해자들을 만났을 때는 모두 서른을 넘긴
성인이었다. 대부분은 결혼해서 어린 자녀를 키우고
있었다. 그간 피해 사실을 숨기고 살다가 언론을 통해
미투 사건이 보도되는 것을 접하고 말 그대로 'Me
too(나도)!'라면서 용기를 낸 것이다. 피해자들은 우리
사무실에 오기 전에 성폭력 전문 상담소와 지방 검찰청

민원실을 찾아가 상담도 받았다. 그런데 안타깝지만 이미 공소시효가 지나서 형사고소를 해도 소용없다는 설명을 들었다고 했다. 피해자들은 이미 낙심한 상태에서 다시 한번 상담을 온 것이다.

피해 내용 전반에 대해 이야기를 듣고, 먼저 일상생활에서 그 일로 어떤 불편함을 겪고 있는지 물었다. 불면증으로 고통받는 사람도 있었고, 우울증으로 자살시도를 했던 사람도 있었다. 그중 몇몇은 정신과 상담치료를 받기도 했다. 내게는 이런 것들이 모두 성폭력 피해로 인한 전형적인 트라우마 증상으로 보였다.

우리나라 판례는 성폭력으로 상해를 입었을 경우 신체뿐 아니라 정신적 상해도 '상해'로 인정하고 있다. 단순 추행보다 추행치상이, 강간보다 강간치상 법정형이 더 높고 그 결과 공소시효도 차이가 난다. 또한 아동·청소년이 성폭력 피해를 입었을 때는 성인이 된 이후 공소시효가 진행되도록 하고 있다. 아동·청소년기 성범죄는 피해 당시 나이에 따라 공소시효를 폐지하는 법 개정도 있었다.

꼼꼼히 공소시효를 계산해 보았다. 강간 혹은 강제추행죄로는 이미 공소시효가 완료된 상태였으나 법정형이 높은 강제추행치상, 강간치상죄로 고소하면 공소시효가 조금 남아 있었다. 피해자들에게 고소가

가능할 것 같다고 설명해 주었다. 그리고 피해자들을
구조하기로 결정했다. 곧장 피해자 연대가 구성되었다.
나는 그들에게 '피해 발생 시기와 구체적 내용, 피해 이후
증상'에 대해 상세히 작성해 달라고 했다. 그 자료를
토대로 일단 10명의 고소장을 각각 작성하여 경찰서에
제출했다.

피해자들에 대한 개별 고소인 진술 조사가 이어졌다.
그 자리에 입회하느라 여러 차례 지방에 있는 경찰서를
방문했다. 다행히도 여성·청소년 수사팀에서 적극적으로
수사를 해주었고, 피해자들의 고통에 공감해 주었다. 그
덕분에 피해자들은 닫혀 있던 마음의 문을 열고 오랜
기간 웅크리고 있던 아픈 기억을 드러냈다. 수사관들도
고생을 많이 한 사건이었기 때문에 나중에 기소가 되고
언론에 기사가 나왔을 때 '고생하셨다'면서 내게 문자를
보내주기도 했다.

사건 진행 중 피해자 5명이 추가되어 최종적으로
피해자 15명에 대한 고소 사건을 진행했다. 아쉽게도
그중 5명만 기소되었다. 나머지 10명은 단순 추행 혹은
강간 혐의가 인정되었으나, '치상에 해당하지는 않는다'는
이유로 불기소처분 결정이 났다. 적극적으로 항고했다.
아동·청소년의 성보호에 관한 법률상 성인이 된 이후
과학적 증거가 확보된 경우 공소시효를 10년 더 연장할 수

있도록 규정하고 있다. 그 과학적 증거에는 CCTV와 같은
물적 증거뿐 아니라 '정신과 의사에 의한 외상 후 스트레스
장애 진단'도 해당되니 공소시효를 연장해야 한다고 고검
검사에게 주장했으나 받아들여지지 않았다. 기소된 사건
피해자들뿐 아니라 나 또한 이 사건은 5명의 피해자에
대한 기소가 아니라 애초 고소한 15명 전원에 대한
기소라고 생각하고 다 같이 정말 열심히 재판에 참여했다.
1심 재판부에서도 기소된 5명뿐 아니라 기소되지 않은
피해자들도 증인으로 채택하여 법정 증언을 하도록
허락해 주었다.

이 사건을 통해 성폭력 피해로 인한 트라우마는 성별을
가리지 않고 피해자의 일상을 흔들어 놓는다는 것을
확인할 수 있었다.
　　한 남성 피해자는 걸어가다 가해자가 운행했던
태권도 학원 차량과 같은 차종의 엔진 소리만 들려도 몸이
움츠러들어 가던 방향을 틀어 몸을 돌렸다고 했다. 이미
성인이 된 이후인데도 말이다. 또 다른 남성 피해자는
어렸을 때 온 가족이 매주 목욕탕에 함께 가곤 했는데,
추행 피해 이후로는 자기 몸을 보여주고 싶지 않아
한 번도 목욕탕에 따라가지 않았다고 했다. 군 복무할
때도 동료들이 샤워를 끝낼 때까지 씻지 않았다고 한다.

검찰에서 피해자 진술을 할 때 "아마 그때 제 동료들은 제가 씻는 걸 엄청 싫어하는 줄 알았을 거예요"라고 이야기했는데 그 표정이 너무 덤덤해서 더 마음이 아팠다. 또 다른 피해자는 여자친구와 성적인 접촉을 할 때 자신의 특정 신체 부위를 절대 만지지 못하도록 해서 오해를 받은 적도 있다고 말했다. 성추행 기억 때문에 여자친구가 만지려 하면 소름이 끼쳐서라고.

피해자들이 성폭력 트라우마로 일상생활에 영향을 줄 정도로 불편한 증상들을 가지고 있었으나, 겉으로 봤을 때 그들은 멀쩡해 보인다. 직장생활을 하고 있고, 주말이면 가족 여행을 다니고, 결혼하고 애도 키우고 있지 않은가. 피해 사실을 드러내거나 그로 인한 정신적 고통을 내보인 적이 없기에 겉으로 봐서는 멀쩡해 보였던 것이다. 경찰에서는 기소의견으로 송치했으나 검사가 트라우마 증상에 대해 보완조사가 필요하다며 추가로 피해자들을 불렀다. 그들의 진술을 모두 들은 검사가 조사가 끝날 무렵 "피해자분 말 대로라면 가해자는 미친 사람이네요"라고 혀를 찰 정도였다.

그런 과정을 거쳐 가해자는 기소되었다. 오래전에 발생했고, 유무죄를 극렬히 다투는 사건이라서 불구속 재판으로 진행되었다. 피해자도 많고 증명해야 할 내용도 많아서 1심 재판이 거의 2년여 동안 이어졌다. 엄청 무거운

기록이 든 가방을 메고 거의 두 달에 한 번꼴로 지방에
있는 법원을 다녀와야만 했다. 그 당시 '나는 무엇을 위해
변호사를 하는가?'라는 생각을 참 많이 했다. 그리고 2년
가까이 매번 지방에서 열리는 공판에 직접 참여하면서 그
답을 얻곤 했다.

　이 사건은 기소되지 않은 피해자들도 법정에
증인으로 출석해 피해 당시 상황을 증언했다. 피해자들을
상담 진료한 정신과 의사 선생님들도 법정에 증인으로
출석해서 몇 시간씩 대기했다가 트라우마와 관련한 의미
있는 증언들을 해 주셨다. 그중 한 의사 선생님이 말씀하신
유년기 성폭력으로 인한 트라우마 증언이 특히 인상
깊었다.

"인간에게는 신체적 골격과 마찬가지로 심리적 골격이
있습니다. 유년기 성폭력은 심리적 골격을 무너뜨리는
것이죠. 심리적 골격 즉 마음의 뼈대가 한번 무너지면
그 후 성장하면서 겪는 여러 일들에 더 취약하게 반응할
수밖에 없거든요. 심리적 골격이 이미 무너진 상태라서
그렇습니다. 아동기에 성폭력 피해를 입은 것이
명확하다면 그 후 다른 정신적 상처를 받았을 가능성이
있다 하더라도 현재 피해자의 트라우마와 유년기 성폭력
사이의 인과관계를 쉽게 부정해서는 안 됩니다."

아동 성폭력 피해자의 트라우마에 대해 이보다 더 정확한
정신의학적 표현은 없을 것 같다.

　성폭력 사건을 진행하다 보면 주변 사람들이
피해자를 질책하듯이 '이 사람, 참 예민하네, 사과받고
넘어가 줘도 될 것 같은데 너무 까다롭네' 같은 이야기를
하는 경우가 있다. 가해자 중심주의에 터 잡은 생각이다.
물론 실제 피해자들 중에는 예민하고 날카로운 사람들도
있다. 내 경험으로는 피해자들의 예민함은 처음부터
그랬던 것이라기보다는 주위 사람들이 곁에서 얼마나
공감해 주고 응원해 주는지에 따라 줄어들기도 하고
증폭되기도 하는 것이었다.

　피해자의 예민함은 심리적 골격과 연관이 있다.
유년기 성폭력으로 심리적 골격이 약해진 피해자
입장에서는 다른 사람들처럼 씩씩하게 학교생활을
하고 직장생활을 하고 결혼생활을 하기 위해 보통의
사람들보다 훨씬 더 많은 에너지를 써야만 한다. 그러다
보니 더 쉽게 지치고 예민해지기도 하는 것이다. 성폭력
피해를 입었다고 해서 피해자들이 주저앉아 버리는 것은
아니다. 일상을 유지하기 위해 보통사람들이 50퍼센트의
노력을 기울여야 한다면, 약해진 심리적 골격을 가진
피해자들은 그 몇 배의 에너지를 더 투입해야 한다.

튼튼한 심리적 골격을 가진 사람과 그렇지 않은 사람에겐 이런 차이가 있다는 걸 헤아려 주는 것이 곧 공감이다. 그들을 위해 우리가 할 수 있는 일은 그리 거창한 것들이 아니다. 그들의 고통을 우리가 대신 짊어질 수는 없다. 그들의 고통을 나누지 않아도 된다. 우리의 시선만 바로 잡으면 족하다. 어떤 시선으로 보는지에 따라 그들은 일상으로 돌아올 용기를 얻기도 하고, 삶에 대한 의지를 포기해 버리기도 한다. 그들의 무거운 어깨에서 우리의 편견만 덜어내 주어도 한결 가볍게 보통의 삶을 살아갈 용기를 얻을 수 있다.

모래 위 성이라도 지키고 싶어
—강요된 적응

차분해 보이는 중년 여성이 이혼상담을 왔다. 이혼하려는
이유를 물었더니 재혼한 남편이 자신의 딸과 성관계하는
것을 직접 보았고 딸을 통해 그런 일이 여러 차례 있었다는
얘기를 들었다고 했다. 그녀는 울지도 않았고 화를 내지도
않은 채 덤덤히 자신이 목격한 상황, 딸한테 들은 내용을
털어놨다. 자신의 감각신경을 스스로 끊은 사람처럼
느껴졌다. 남편과 딸의 성관계를 목격한 여성의 심경은
머리로 다 헤아리기 어려웠다.

  딸이 언제부터 의붓아버지와 성관계를 했는지
물었다. 여성은 딸이 고3 때 재혼한 남편과 처음 성관계 한
것으로 알고 있었다. 여성이 지인들과 여행 가느라 집을
비운 사이였다. 딸의 출생연도를 확인했다. 여성이 여행 간
시점에 딸은 미성년자였다. 합의하에 이루어진 성관계가
아닐 수도 있다는 생각이 들었다. 딸을 한 번 데리고 와
봐 달라고 했다. 재상담할 때 엄마는 밖에 계시라고 하고
딸과 단독 상담을 했다. 딸은 의붓아버지로부터 성폭력
피해를 입은 피해자였다. 고3 때 엄마가 여행 간 틈을

타 의붓아버지가 자신을 시내로 데려가 함께 꽤 많은
양의 술을 마셨다고 한다. 집에 가야 할 시간인데 술에
취해 운전이 어렵다면서 모텔에서 자고 가자고 했다는
것이다. 좀 불편하기는 했지만 아빠의 제안이라 거절할
수 없었다고 한다. 그날 피해자는 의붓아버지로부터 첫
성폭력 피해를 입었다. 그 이후 가해자는 시도 때도 없이
피해자를 성착취했다.

　　상담이 끝나갈 무렵 피해자에게 그동안 고통스러웠을
텐데 혹시 신고하거나 엄마한테 털어놓을 생각은 하지
못 했냐고 물어보았다. 피해자는 두려워서 말하지
못했다고 했다. 엄마한테 말하면 엄마가 재혼으로 다시
어렵게 꾸린 가정이 깨질까 봐 두려웠다고 했다. 엄마가
새아빠를 좋아하고 재혼으로 경제적으로도 여유가 생겨서
행복해하는데 신고하거나 엄마한테 말하는 순간 엄마의
행복이 깨질까 봐 겁나서 말할 수 없었다고 했다.

　　이성적으로만 생각하면 피해자의 두려움을 납득하기
어렵다. 딸을 성폭행한 사람의 재혼가정은 깨져야 하는
것이 맞다. 그런 가해자와 사는 엄마의 행복은 모래 위의
성과 같을 뿐이다. 그런데 이 사건 피해자뿐 아니라
성폭력 피해자들은 이런저런 두려움 때문에 적극적으로
거부 의사를 밝히지 못한다. '엄마의 재혼가정이 깨질까
봐 두려웠어요', '소리 지르면 옆방에 있는 동료들이 제가

성폭력 피해 입은 것을 알게 되잖아요', '제가 성폭력
피해자라는 게 학교에 소문나서 왕따 될까 봐 겁나요',
'아빠가 아프신데 이 사실을 알게 되시면 돌아가실까
봐 말하지 못했어요', '제가 엄마한테 말하면 가해자가
죽어버리겠다고 해서 무서웠어요'…….

그 범행 현장에 있었던 피해자가 가해자 혹은
당시 상황에 대해 갖는 두려움을 합리적 이성을 가진
일반인의 관점에서 바라보면 안 된다. 심리적, 경제적,
상황적으로 취약한 처지에 놓인 피해자의 관점에서
살펴보고 판단해야 한다. 가해자는 피해자가 처해있는
심리적 취약함을 이용하여 '비밀로 해야 해, 네가 말하면
다른 사람들이 고통스러워할 거야, 너도 망신스러워서
살 수가 없어'라며 피해자의 두려움을 강화하고 피해자를
자포자기하도록 만들곤 한다.

나는 엄마의 이혼소송과는 별개로 가해자를
아동·청소년에 대한 성폭력으로 고소했다. 첫 성폭력
피해를 입은 이후 피해자는 자포자기 심정으로 가해자의
성적 요구에 응하는 경우가 많다. 이를 감안하여 고3
때 첫 피해만 성폭력으로 고소하고 그 후 있었던 일련의
성관계는 '성적 착취'에 해당하니 가해자를 엄하게
처벌하는 양형 요소로 고려해 달라고 주장했다.

유감스럽게도 검사는 성폭력 무혐의 처분을 하면서 피해자를 무고죄로 인지하여 기소했다. 딸이 합의하에 이루어진 성관계를 성폭력으로 고소했다는 것이 검사의 기소 요지였다. 졸지에 피해자는 무고의 가해자가 되어 형사재판을 받게 된 것이다. 그사이 돈 많은 가해자가 어떤 회유를 했는지 피해자의 엄마가 이혼소송을 취하했다. 엄마의 요청으로 우리 사무실도 이혼 사건에서 사임하게 되었다. 나와 담당 변호사는 피해자가 가해자를 무고한 것이 아님을 증명하기 위해 첫 성폭력 당시 두 사람이 함께 들렀던 식당, 호프집, 노래방 등을 직접 찾아가서 가해자가 결제한 시각, 이동 동선, 모텔 입실 시간 등에 대한 가해자 주장을 반박하는 증거들을 수집했다.

아직도 기억나는 것은 형사재판이 열릴 때마다 엄마가 가해자와 함께 법정에 와서 딸의 무고 사건 형사재판을 방청하는 장면이다. 저 자리에 앉아 있는 엄마는 어떤 마음일까? 자신을 성폭행한 가해자와 나란히 앉아 있는 엄마를 보며 피고인석에 서 있는 딸은 어떤 심경일까? 그런 씁쓸한 생각이 내내 들었다. 딸은 의붓아버지로부터 성착취를 당할 때 '영혼 없는 로봇'이었다고 말했다. 그 당시 무력한 심경을 그대로 표현한 말이다. 다행스럽게도 담당 변호사님과 열심히 변론한 덕분에 무죄판결을 받았다.

친족 관계인 경우 피해자는 사건이 알려진 이후 가족 관계 해체 등으로 자신이 감당해야 할 상황에 대한 두려움 때문에 가해자의 성적 요구를 적극적으로 거부하지 못한 채 자포자기 심정으로 그 상황 속에서 적응해 나가는 경우가 많다. 이 사건이 딱 그런 케이스다. 첫 성폭력 피해 이후 엄마의 행복이 자기 때문에 깨질지 모른다는 두려움 때문에 피해자 표현대로 '영혼 없는 로봇'이 되어 가해자가 원하는 대로 맞춰 주었던 것이다. 엄마의 재혼가정이 유지되는 한, 그 집에서 빠져나올 수 없는 한, 그 상황에서 살아남기 위해 순응한 것이다. 이것이 심리학적으로는 '강요된 적응'이다.

또 다른 사건을 하나 예로 들어보자. 이 사건은 연예계에 종사하는 사람이 피해자였고 가해자는 재력 있는 기획사 대표였다. 형편이 아주 어려웠기에 가족을 위해 꼭 성공해야만 했던 그녀는 그의 성적 착취 앞에 속수무책이었다. 성적 착취에 모멸감을 느껴 가해자를 피하면 여지없이 피해자를 방송 출연에서 빼버렸다. 그녀에게는 엄청난 위력이었다. 성적 착취로 고통스러웠지만, 피해자는 가해자에게 문자를 보낼 때 살가운 호칭을 사용했다. 문자만 봐서는 서로 사귀는 사이로 보였다. 그녀는 유명해져야만 힘이 생기고 그것이

가해자로부터 벗어나는 유일한 길이라 생각했다. 이를
악물고 성적 착취행위를 참아냈다. 그럴수록 그녀의 내적
고통은 커갔다. 결국 자신의 존엄을 지키기 위해 피해자는
가해자에 대한 고소를 결심했다.

수사검사의 열정 덕분에 '피감독부녀 간음죄'로
가해자가 기소되었다. 피해자가 증인으로 법정에
출석했을 때 자정까지 증인신문을 했다. 수사검사가 직접
공판에 참여했다. 가해자는 그 법원에서 법관 옷을 막
벗은 따끈한 전관을 변호사로 선임한 상태였다. 예상대로
피고인은 둘 사이를 연애 관계라고 주장했다. 가해자의
핸드폰을 분석해보니 가해자가 피해자 이외에도 많은
여성과 성적 관계를 맺어온 사실이 확인되었다. 그러자
피고인 변호사가 "솔직히 본 변호인도 피고인이 색마인
것은 인정합니다. 그러나 여러 명의 여성과 합의하에
성관계를 한 것이고 피해자도 그중 한 명일 뿐 성폭력을 한
것은 아닙니다"라고 주장했다. 궁색한 변호였다.

자정이 다 되어가는데도 증인신문절차가 계속되자
피해자가 지칠 대로 지쳐갔다. 보다 못해 피해자
대리인으로 참석했던 내가 손을 들고 판사에게 오늘
증인신문은 여기까지 하고 차회 증인신문기일을 다시
열어달라고 요청할 정도로 열띤 재판이었다. 그때
피해자가 오랜 기간 성착취로 고통스러웠다고 했는데

주고받은 문자 내용에서는 그런 고통을 읽어낼 수
없었기에 우리는 심리전문가에게 피해자의 심리상태에
대해 의견을 구했었다. 그 결과 '강요된 적응' 상태로
나왔다. 피해자는 자신이 처한 성착취 상황에서 벗어날
수 없다는 판단을 하게 되었고, 거기서 살아남기 위해 그
상황에 적응하려는 심리적 기제를 보이게 된 것이다. 그런
이유로 가해자에게 살가운 문자들을 보낸 것이었다.

　　일부 사람들은 피해자가 적극적으로 성적
자기결정권을 행사하지 않았음에도 성폭력으로 규정하는
것은 피해자를 자기 생각조차 제대로 밝히지 못하는
미숙한 사람으로 평가절하하는 것이라고 비판한다. 반은
맞고 반은 틀렸다. 이 논리가 적용된 것이 혼인빙자간음죄
조항이었다. 과거에는 혼인빙자간음죄를 형사처벌했다.
그런데 헌법재판소에서 2009년 위 조항에 대해 위헌
결정을 내렸다. 헌법재판소 결정 내용 중 다음과 같은
대목이 있다.

　　남성이 결혼을 약속했다고 하여 성관계를 맺은
　　여성을 국가가 형벌로써 사후적으로 보호한다는
　　것은 '여성이란 남성과 달리 성적 자기결정권을
　　자기 책임 아래 스스로 행사할 능력이 없는 존재, 즉
　　자신의 인생과 운명에 관하여 스스로 결정하고 형성할

능력이 없는 열등한 존재'라는 것의 규범적 표현이다. …… 그리고 장차 결혼생활의 불행이 예상됨에도 불구하고 남성이 혼인빙자간음죄에 의한 처벌이 두려워 혼인한다면, 결국 형법이 파탄이 자명한 혼인을 강요하는 것과 다름이 없으므로 이를 법률로 강제하는 것은 이 점에서 보아도 부당하다. 그러므로, 부녀자의 성적인 의사결정에 폭행·협박·위력의 강압적 요인이 개입하는 등 사회적 해악을 초래할 때만 가해자를 강간죄 또는 업무상 위력 등에 의한 간음죄 등으로 처벌받게 하면 족할 것이고, 그 외의 경우는 여성 자신의 책임에 맡겨야 하고 형법이 개입할 분야가 아니라 할 것이다.

-헌법재판소 2009. 11. 26 자 2008헌바58 결정

[형법 제304조 위헌소원] 위헌

혼인빙자간음은 교제하는 사이 즉 애정에 기반한 남녀 사이에 결혼을 전제로 합의하에 성관계가 이루어졌는데 일방에게 혼인 의사가 없었던 경우 처벌하는 것은 여성을 성적 자기결정권 행사의 주체로 보지 않는 것으로 판단한 것이다. 위 헌재결정문에서조차 폭행, 협박뿐 아니라 '위력 관계 등 강압적 요인이 개입한 경우' 성적 자기결정권을 침해하는 성폭력에 해당하는지 판단이 필요하다고

판시하고 있다.

성폭력은 대등한 관계에서 발생하기보다는 상하관계,
보호감독관계, 권력관계에서 우위를 점한 자가 그렇지
못한 사람을 대상으로 하는 경우가 대부분이다. 의붓딸과
의붓아버지 사이가 그러하고, 말단 직원과 기관장 사이가
그러하고, 정신과 진료를 받는 환자와 의사의 관계가
그러하다. 목사와 신자의 관계, 교수와 학생의 관계,
기획사 대표와 소속 연예인의 관계도 마찬가지다.

위력관계는 당사자의 관계가 대등하지 않음을 전제로
한다. 그 사이에 작동하는 위력이 피해자를 심리적으로
위축시키고 성적 자기결정권을 제대로 행사하지 못하도록
만든다. 그런 권력관계가 결국 피해자를 자포자기하도록
만들고 순응하도록 하는 강요 기제다.

201개, 305개 ……
─학대순응증후군

친아버지가 수년 동안 딸을 지속적으로 성폭행했다.
가해자인 아버지는 명문대를 나온 나름 엘리트였다.
게다가 직업은 공무원이었다. 그런데 자신의 딸을 수년
동안 성폭행한 것이다. 가해자는 성폭력을 저지를 때마다
집 근처 모텔에 방 하나를 정해놓고 피해자를 그곳으로
호출하곤 했다. 고통을 견디다 못해 언니에게 그간의
상황을 털어놓았다. 그녀가 경찰 조사를 받는 중에도
가해자는 호출 문자를 보냈을 정도였다. 피해자를 모텔로
호출할 때는 201개, 305개 이렇게 문자를 보냈다. 201개는
201호, 305개는 305호라는 방 번호를 뜻한다. 가족들에게
들킬까 봐 그런 식의 암호를 보낸 것이다.

　가해자는 상습 가정폭력범이었다. 그의 화려한
학벌이나 번듯해 보이는 직장과는 거리가 먼 행동을
가족들에게 일삼았다. 그의 폭력은 상상 이상이었다.
부인이 말귀를 알아듣지 못한다고 두들겨 패고, 아이들이
공부를 잘 하지 못한다고 추운 겨울에 옷을 벗겨 베란다에
세워두기도 했다. 피해자와 그녀의 언니가 함께 우리

사무실에 왔을 때다. 언니가 한쪽 팔에 있는 검은 점을 보여주면서, "수학 문제 못 푼다고 아버지가 연필로 찔렀는데, 그때 연필심이 살에 박혀서 까맣게 점이 됐다"라고 말해 주었다.

가해자는 경찰 수사 단계에서 바로 구속되었다. 구속사건이기 때문에 기소도 빨랐다. 기소 후 첫 공판기일에 법정에 나갔다. 가해자는 범행을 부인했다. "판사님 너무 억울합니다. 제가 딸하고 성관계를 한 건 맞는데, 딸이 저를 유혹한 겁니다. 제 딸하고 제가 주고받은 핸드폰 메시지를 꼼꼼히 살펴봐 주세요. 그 내용을 보면 제가 얼마나 억울한지 알게 되실 겁니다." 그러자 판사가 "네, 꼼꼼히 살펴보겠습니다"라고 답했다. 저런 '인간 같지도 않은 자'에게 점잖게 응답해 주는 판사가 야속할 지경이었다.

두 사람이 주고받은 핸드폰 문자 메시지가 수사 과정에서 확인되었다. 피해자가 보낸 메시지 중에는 '아빠 저도 보고 싶어요. 빨리 갈게요', '아빠, 5분 늦을 것 같아요'라는 내용들이 있었다. 조금만 늦어도 화를 내다보니 혼이 날까 봐 모텔에서 피해자를 기다리는 가해자를 안심시키기 위해 보낸 문자들이었다. 이 문자들을 어떻게 해석해야 할까? 금기된 사랑을 하는 사이의 문자로 읽히는가? 피해자는 아주 어려서부터

가족들이 아버지의 폭력 앞에 무기력하게 당하는
모습을 보고 자랐다. 어린 피해자를 성적으로 괴롭힌
날은 가해자가 다른 가족들을 덜 괴롭혔다. 어린 마음에
피해자는 나 하나 희생해서 가족이 편할 수 있다면 고통을
감수해야겠다고 다짐하기도 했다.

가해자는 구속된 이후 자신의 배우자를 계속
압박했다. 피해자가 고소를 취하하고 합의서를 법원에
제출하도록 도와 달라는 요청이었다. 피해자 어머니는
줄기찬 가해자의 요구를 거절하지 못하고 피해자에게
고소 취하를 거듭 사정했다. 피해자는 정신적으로
힘들어하는 엄마의 요청을 야멸차게 거절할 수 없었다.
하는 수 없이 고소 취하서와 합의서를 작성해서 내게
주었다. 나는 그것을 법원에 제출할 수밖에 없었다.

1심 재판 중에 재판부는 피해자의 심리상태에
대해 정신감정을 의뢰했다. 정신감정 결과
'학대순응증후군'으로 나왔다. 재판부는 유죄판결을
내렸다. 1심 판결 내용 중 의미 있는 부분을 옮겨 적는다.

범행 당시 피해자의 행위 내용과 태도, 당시 피해자를
둘러싼 가정환경과 피해자의 심리상태, 가족
구성원이라는 특수한 관계 등을 종합하면, 어린
시절부터 피고인에 의해 지속적으로 이루어진 폭언,

폭력, 성추행 및 성폭력, 이에 대한 가족들의 무기력한 모습이 복합적으로 작용하여 성적 자기결정권을 행사하지 못하고 순순히 응할 수밖에 없는 학대순응증후군으로 인한 심리적인 항거불능 상태에 있었다고 봄이 상당하다.

당시 재판부는 피해자가 학교생활, 직업생활 등은 정상적으로 하고 있으나, 성적 자기결정권 행사와 관련해서는 어려서부터 반복적인 성적 학대를 받아 판단능력이 초등학교 저학년 이하로 퇴행했기 때문에 가해자의 성적 요구에 제대로 저항할 수 없는 항거불능 상태로 판단하였다. 통상 피해자가 가해자에 대한 고소 취하서를 제출하게 되면 형을 줄여주는 요소로 참작하는데, 이 사건 재판부는 피해자가 제출한 고소 취하서를 양형에서 반영하지 않았고 그 이유도 명확하게 판단하고 명시했다.

피해자가 처벌을 원하지 않는다며 고소 취하서를 제출하였지만 피고인은 자신의 범행에 대해 뉘우치고 있지 않을 뿐 아니라 피고인의 처벌을 원하지 않거나 유보적인 입장을 취하고 있는 다른 가족들로부터 받은 심리적 압박에 의해 고소 취하서를 제출하게 된

것으로 보이므로 위 고소 취하서에 의한 피해자의
처벌불원 의사표시를 양형 관련 특별감경인자로
고려하지 않는다.

여러 가지 측면에서 의미 있는 판결문이었다. 무엇보다
가해자 중심주의가 아닌 피해자 관점에서 내린
판결이라는 것이 인상적이었다. 발생한 사건의 단면,
특정 문자 내용이 아닌 전체 맥락 속에서 피해자가 처한
구체적이고 특별한 사정에 대해 공감하는, 2012년에
내려진 성인지 감수성을 중심에 둔 판결이었다.
　　개인적으로 나는 이 판결 내용이 보다 많은
사람들에게 알려지고 다른 재판에서도 참고가 되면
좋겠다고 생각했다. 재판이 끝난 이후인 2013년에 나는
여성가족부 권익증진국장으로 일하게 되었다. 그때
성폭력 분야에서 의미 있는 일을 한 분들을 찾아서 장관
표창을 하였는데, 이 판결을 하신 판사님을 추천했다.
여성가족부 담당자가 판사님께 연락을 드렸는데
판사님이 끝내 사양하셨다. "나는 판사로서 당연히 해야
할 일을 한 건데, 당연히 해야 할 일을 한 거로 상을 받을
수는 없다"라고 하셨다는 것이다. 이런 분이 계셔서 참
다행이다.

상냥해도 너무도 상냥한
─피해자의 취약성1

2016년 여름, 가족들과 제주도 여행 중에 전화 한 통이
걸려왔다. 성매매 피해자들을 지원하는 단체에서 온
전화였다. 모 유명 남자 연예인이 유사 성매매업소에서
일하는 여성을 성폭행했다는 이유로 고소되었고,
단체에서 그 사건 고소인인 여성을 대리할 변호사를 찾고
있다는 내용이었다.

그 사건을 구조하겠다고 한 이후 업소 선불금
사기로 구속되어 수감생활 중인 고소인 여성을 여러 차례
접견했다. 작은 몸집의 그녀는 자신의 이야기를 가감없이
털어 놓았다. 유사 성매매업소는 간판을 걸지 않은 채
점조직처럼 광고하고 운영된다. 업주로부터 예약 통보를
받으면 혼자 오피스텔로 가서 대기하다가 손님을 맞이해
정해진 금액에 맞는 마사지를 해주어야 했다. 얌전한
손님도 있지만 요구 사항을 들어주지 않는다고 화를
내거나 이유 없이 폭언을 하는 경우도 빈번했다. 여성의
목을 졸라 죽음의 공포를 느낀 적도 여러 번이었단다.

단둘만 있는 상황에서 낯선 손님이, 어떨 때는 술까지

취한 손님이 언제 폭력적으로 변할지 모른다는 두려움
때문에 손님이 말을 걸면 상냥하게 대답하고 재미없는
이야기에도 깔깔 웃어줘야 했다. 그녀가 그 공간 안에서
자신의 안전을 확보하기 위해 유일하게 할 수 있는
방법이었다. 이미 오래전부터 그녀는 불안, 불면 증상으로
신경정신과 약을 먹고 있었다.

　　그녀는 유명 연예인이 오피스텔에 들어온 이후 상황을
녹음해 두었는데 나중에 녹음파일을 받아 들어보았더니
그녀가 말한 대로 상냥하게 대답하거나 웃고 있는
목소리가 담겨 있었다. 녹음파일 때문에 성관계가
있었다는 그녀의 주장에 대해서는 반박 불가였다.
다만 수사기관에서는 그녀가 그 상황을 녹음한 의도를
의심했다. 녹음된 대화 중 그녀의 목소리 톤, 웃음소리
등이 성폭력에 대한 무혐의 판단 근거가 되었다. 게다가
그녀가 상대방을 형사처벌할 의도를 가지고 강간죄로
허위고소했다며 무고로 인지되어 재판을 받는 처지가
되었다. 피해자의 자리에서 가해자의 자리로 옮겨 서게 된
것이다.

　　무고 사건 1심 판결문을 보면 '마사지 업소를 방문한
남성이 여성에게 성관계하자는 제안을 명시적으로 하거나
여성으로부터 성관계해도 좋다는 동의를 명시적으로 받은
것은 아니지만 남녀 사이의 성관계는 극히 내밀한 영역에

해당하여 명시적인 제안이나 동의가 없는 상태에서도
상호 간의 묵시적인 승낙이나 합의에 따라 자연스럽게
이루어질 수 있다'라고 판단하였다. '강간을 당한 피해자는
가해자를 무서워하고 거부하는 경향을 보이는 것이
일반적인데, 여성이 손님을 맞아 오피스텔에 둘만 있게
되는 상황을 피하지 않았다. 두 사람의 성관계 과정에
폭행, 협박이 없었고 성관계를 마친 후 간간이 대화를
나누거나 웃음소리가 나기도 하였다'라는 것을 근거로
자연스러운 성관계를 하였음에도 강간으로 고소한 것은
무고라고 판단한 것이다.

이 사건 무고 판결에서 강간을 당한 피해자는
가해자를 무서워하고 거부하는 경향을 '보이는 것'이
일반적이라는 판단에 동의하기 어렵다. 그것은
피해자다움에 대한 우리 사회의 편견이다. 피해자는
가해자에 대한 근본적인 두려움과 거부감을 가지고
있더라도 그것을 외부로 드러내지 못하는 경우가 많다.
위력 성폭력 사건이 그러하고 오래된 성적 착취로
자포자기 심정에서 성적 요구에 응하는 경우도 그러하다.
업무와 직결될 때는 더더욱 그 두려움을 겉으로 드러내기
쉽지 않다.

유사 성매매업소에서 일하는 여성의 취약성을
재판부가 간과한 점이 매우 아쉬웠다. 덧붙여 재판부는

피해자가 남성과 오피스텔에 단둘이 있는 상황을
피하지 않았던 것을 근거로 성폭력으로 보기 어렵다고
판단했는데, 오피스텔은 여성이 일하는 곳이었다. 그
공간에는 여성 혼자 일하고 있었고, 거기로 손님이 사전
예약하고 오는 구조였다. 피해 여성에게 직접 하는 게
아니라 업주에게 예약하면 여성은 그 사실을 통보받고
시간에 맞춰 오피스텔 안에서 손님을 맞이하는 방식이다.
단둘이 있는 상황을 피할 수 없는 사람에게 단둘이 있는
상황을 피하지 않았다고 탓한 것이다. 여러모로 무고
유죄판결 이유가 안타까웠다.
　　당시 우리는 '유사 성매매업소를 찾은 손님과
그 업소에 종사하는 여성은 계약관계 당사자다. 유사
성매매업소 여성이 제공하는 서비스는 성기삽입 여부에
따라 금액 차이가 명확하다. 그렇다면 명시적으로
합의되지 않은 상태에서 손님이 업소 여성에게
성기삽입행위를 했다면 성기삽입에 관한 합의 유무 관련
일반적인 남녀 사이의 성관계 시 합의 여부보다 더 엄격한
기준을 적용해야 함'을 주장했다. 또한 성매매업소에서
일하는 경제적, 사회적, 심리적으로 취약한 지위에 있는
여성의 성적 자기결정권을 보호하는 데 있어서 일반
성폭력 사건 피해 여성과 차별해서는 안 된다는 점을
강조했다. 성매매에 대해 합의가 있었던 것이지 그

과정에 폭력이나 협박을 사용하는 것에 대해 합의가 된
것은 아님에도 성매매에 동의했다는 이유로 성매매업소
여성들은 무지막지한 폭력 앞에 속수무책인 것이다.
재판부는 우리 주장을 받아들이지 않았다. 성매매업소
여성의 성적 자기결정권이 어느 범위까지 보호받을
수 있는지에 대해 의미 있는 판결을 받고 싶었는데
변호사로서 실패한 사건이었다.

이 사건을 언급하는 이유는 성매매업소에서 일하는
여성들의 무력감, 두려움에 대해 말하고 싶어서다. 한여름
출퇴근길 지하철에서 모르는 사람과 맨살이 부딪혀
본 경험이 있는 분들은 알 것이다. 낯선 사람과 피부가
닿았을 때의 불쾌한 느낌은 꽤 오래 지속된다. 한밤중에
엘리베이터에 평소 알지 못했던 사람이 술 취한 상태로
탔을 때, 단둘이 있어 본 경험이 있는 분들은 알 것이다.
그 몇 초의 시간이 얼마나 길게 느껴지고 두려운 마음이
드는지.
　　성매매업소에서 일하는 여성들 입장에 한번 서
보면 어떨까? 성매매 실태조사를 해 보면 십 대 때
성매매업소에 유입되는 청소년 비율이 절반을 훌쩍
넘는다. 그 아이들은 가정폭력, 아동학대, 친족 성폭력
등을 겪은 경우가 많았다. 그렇게 집을 나온 청소년들에게

먹을 것, 입을 것, 잘 곳을 해결하는 일은 절박한 생존 문제다. 성인도 취업하기 어려운데 십 대 청소년들에게 먹을 것, 입을 것, 잘 곳까지 제공하는 곳은 유흥업소, 조건만남 등이 대부분이다. 그렇게 성매매업소에 유입된 여성들은 손님이 폭력을 행사해도, 업주가 급여를 주지 않아도 고소를 할 수가 없다. 우리나라는 성을 판매한 사람, 구매한 사람 모두 처벌하기 때문이다. 성매매업소 여성들은 처벌이 두려워 피해를 입더라도 신고하지 못한 채 착취 구조 속에서 생계를 이어간다.

내가 여성가족부에 있을 때 폭력 예방 동영상 세 편을 만들었다. 성폭력은 '허락', 가정폭력은 '관심', 성매매는 '공감'이라는 제목을 직접 붙였다. 성매매를 근절하기 위해서는 그녀들에 대한 '공감'이 가장 필요하다고 생각해서다. 사람들은 성매매업소에서 일하는 여성들이 돈을 쉽게 번다고 여긴다. 그러나 누군지도 모르고, 어떤 병이 있는지도 모르고, 얼마나 폭력적인지도 모르는 사람들에게 자기 몸을 맡기는 행위는 결코 쉬운 일이 아니다. 당신 앞에 서 있는 그 여성들이 웃고 있지만, 그 머릿속은 상처와 두려움으로 가득하다.

유명 연예인 사건의 성매매 여성도 그렇게 번 돈으로 어린 자녀 공부시키고 장애가 있는 부모님을 돌보고 있었다. 상대방은 성매매처벌법이 적용돼 처벌받기는

했지만 성폭력은 인정되지 않았다. 오히려 내 의뢰인이
무고죄로 처벌받았다. 체구가 작은 그녀가 무고죄만은
피하도록 해주고 싶었는데 유죄가 나왔고, 나는 못내
미안했다. 패소판결을 받은 이후 어느 날 구치소에서
그녀로부터 편지가 왔다. 나는 그 편지를 지금도 가끔
꺼내본다.

법관이 강제한 연애 관계
—피해자의 취약성2

연예인 기획사를 운영한다는 한 남성이 여중생을
임신시켰다. 그 상태에서 가출한 학생이 가해자 집에
머물다 출산을 한 이후 비로소 가해자를 성폭력으로
고소했다. 이 사건은 1심, 2심 모두 가해자에게 중형
유죄판결이 선고되었는데 2014년 대법원에서 무죄
취지로 파기했다. 최종적으로 2017년 무죄확정판결이
났다. 가해자와 피해자는 스물일곱 살 차이였다. 처음
성관계 당시 피해자가 열다섯 살 여중생이었다. 대법원은
두 사람이 사귀는 사이라고 판단했다.

    대법원에서 무죄 취지로 파기한 이후 고등법원에서
무죄판결이 나오자 여성단체에서 내게 도움을 요청하여
대법원 상고 사건 피해자 대리를 했다. 대법원에서
이미 무죄 취지로 파기환송 한 사건이라서 환송된 이후
고등법원은 그간의 관례대로 소극적으로 해당 사건을
판단한 듯했다.

    그런데 파기환송된 이후 그 전에는 확보하지 못했던
새로운 증거들이 검찰을 통해 확인되었다. 검찰이 다른

사건으로 수감된 피고인이 면회 온 피해자와 주고받은 대화 녹취록을 확보했던 것이다. 피고인이 거의 매일 임신한 여중생 피해자를 면회 오게 하고, 구치소로 자주 편지를 보내지 않았다고 야단치는 내용들이었다. 애초 대법원이 이 사건을 무죄 취지로 파기했던 것은 피해자가 가해자에게 보낸 편지 내용 때문이었다. 편지에는 피해자가 가해자에게 호감을 표현하는 내용들이 많았다. 이 점을 들어 두 사람을 상호 호의를 가진 관계이자 합의하에 성관계가 있었던 것으로 판단했던 것이다.

피해자가 보낸 편지에는 처음 만났을 때 어떤 느낌이었는지, 가해자에 대해 어떤 감정을 가지고 있는지 등의 내용이 빼곡히 적혀 있었다. 그런데 그 편지들은 두 사람이 처음 만났을 당시 작성해서 보낸 것이 아니었다. 함께 생활하다가 가해자가 다른 사건으로 구속된 이후 그의 요구로 작성해서 보낸 편지에 담겨 있는 내용들이었다. 피해자는 가해자가 읽고 기분 좋을 만한 문구들을 써서 보내야만 했다. 인터넷에서 떠돌아다니는 연애편지 문장을 복사해서 그대로 베낀 적도 있다고 했다.

가해자는 그와의 임신으로 당혹해하는 피해자를 가출해서 자신의 집에 오도록 했다. 엄마의 가출신고로 경찰이 가해자 집에 출동했으나 경찰은 '피해자가 집으로 돌아가기 싫어한다'라는 가해자 말만 듣고 여중생을 중년

남성의 집에 그대로 둔 채 돌아왔다. 피해자는 아이를
출산한 직후 바로 가해자를 고소했다.

정서적 지지기반이 취약했던 피해자는 출산
이전에 자신이 할 수 있는 일이 하나도 없다는 체념
상태에 빠져있었던 것 같다. 자신이 성폭력 당한 사실을
아무한테도 말하고 싶지 않았다고 했다. 그렇게 되면
아파트 전체에 소문이 날 것이 두려웠다는 것이다.
학교에 알려지면 왕따가 될까 봐, 아픈 아빠와 엄마가
알면 충격으로 돌아가실까 봐 겁이 나서 제때 말할 수
없었다. 출산할 때까지는 참아야겠다고 결심했다. 그리고
가해자가 무서웠다고 한다. 가해자가 누군가를 폭행하는
영상을 피해자에게 보여준 적도 있다. 가해자 말을
듣지 않으면 자신도 폭행당할까 봐 무서웠다는 것이다.
임신상태 자체도 두렵고 무서웠다. 모든 상황이 어린
피해자에게 억압적이었다. 그 때문에 피해자는 폭력적
성향의 가해자에게 종속될 수밖에 없었다.

그런데도 대법원에서는 여중생 피해자가 처해 있는
특별한 사정에 대한 고려를 전혀 하지 않은 채 편지에 적힌
문자들을 근거로 두 사람이 사귀는 사이이며, 합의하에
이루어진 성관계라고 판단한 것이다. 개인적으로 피해자
관점이 결여된 21세기 가장 부끄러운 대한민국 대법원
판결 중 하나라고 생각한다. 합리적인 일반인의 관점에서

보면 가해자가 구속된 상태는 피해자가 주변에 도움을 요청할 수 있는 절호의 기회다. 그러나 오랜 기간 폭력에 노출되었던 피해자 관점에서 보면 피해자는 가해자가 원하는 대로 해주지 않았다가는 가해자가 출소해 자신을 괴롭힐지 모른다는 두려움을 가질 수밖에 없다. 그러다 보니 가해자가 하라는 대로 계속 면회를 가고 애정 표현이 담긴 편지를 써서 보냈던 것이다.

이 사건과 비교되는 판결이 하나 있다. 미국 판례다. 한 여성이 자신의 엄마와 재혼한 남성으로부터 만 열두 살 때부터 성폭력 피해를 당했다. 그 여성이 열여섯 살 때 엄마가 이혼했고 이후로는 줄곧 엄마와 살았다. 그녀는 헤어져 사는 가해자에게 '아빠, 보고 싶어요, 사랑해요', '엄마가 허락하지 않아도 아빠 집에 가서 살고 싶어요'라는 편지를 보내기도 했다. 그 후 여성은 남자친구에게 성폭력 피해에 대해 털어놓았고 그의 조언으로 의붓아버지였던 사람을 고소했다. 가해자 남성은 합의하의 성관계였다고 주장하면서 피해자가 자신에게 보낸 편지를 법정에 제출했다.

　　법원은 '피해자가 가해자에게 보낸 편지는 성폭력 피해자의 그것으로 보기 어려운 면이 있다. 그러나 이 사건 피해자는 그 당시 아동이었다. 어른이 아닌 아동의

관점에서 이 사건을 들여다보아야 한다. 피해 아동은
가해자의 폭력에 대한 두려움도 있었으나 그것과 별개로
가해자를 사랑하는 마음도 있었다. 이런 양가감정을
이해하지 못할 바 아니다'라며 유죄판결을 내렸다.
연예인 기획사 대표의 여중생 성폭력 사건과 사실관계는
비슷한데 법원의 판단 결과는 전혀 다르다. 피해자의
두려움을 어떤 관점에서 바라봐야 하는지를 비교해서
보여주는 판례다.

　　이 사건과 관련해 지금도 도무지 이해되지 않는
대목이 있다. 피해자가 가출해서 가해자 집에 머무는
것을 알았는데도 출동한 경찰이 가해자의 말, 피해
아동의 의사를 존중한다며 아무런 조치도 취하지 않고
현장에서 철수해 버린 일이다. 여중생이 스물일곱 살
많은 남성 집에서 살고 있는데 어린 학생을 그 집에서
그냥 생활하도록 내버려 두었다는 것이 기가 막힌다.
설령 여중생이 부모에게 학대당했다는 가해자 주장을
신뢰했더라도 어린 학생을 가해자로부터 분리시켜
아동보호시설 등으로 인계하는 것이 제대로 된 대처였다.

　　앞서 말했듯이 이 사건에서는 파기환송심에서 구치소
면담 녹취록을 확보했고, 가해자가 피해자에게 편지 작성
등을 강요하고 화를 내는 등의 억압적인 대화가 나왔기
때문에 새로 발견된 증거를 근거로 다시 유죄판결을

하는 것이 법률적으로 불가능한 것은 아니었다. 그러나 고등법원은 무죄판결을 했고, 대법원도 오랫동안 사건을 가지고 있다가 결국 2017년에 상고기각으로 무죄 확정을 했다. 사건이 계류 중일 때 대법원 앞에서 피해자 지원단체들이 시위하고 릴레이로 의견서를 써서 제출했다. 나도 한겨울에 대법원 정문 앞 시위에 참여했었으나 많은 사람들의 노력은 결실을 보지 못했다.

대법원 재상고심 사건 대리를 맡은 후 대학 때 스승님이셨던 교수님을 만나 뵙고 자문을 구했다. 교수님께서는 판결문 내용을 살펴보신 후 "대법원은 법률심인데 왜 사실관계에 관해 1, 2심과 다른 판단을 했는지 안타깝다"라고 하셨다. 그 얘기를 들으면서 피해 학생이 재판받는 과정에서 했던 말이 떠올랐다. "저는 가해자와 사귄 적이 없습니다. 제가 사귄 적이 없다고 하는데 왜 저랑 가해자가 사귀었다고 판단을 하는지 모르겠습니다."

아직까지 피해자의 상처는 아물지 못했을 것이다. 피해자가 가해자를 만난 이후 있었던 모든 일은 가해자의 잘못, 경찰의 잘못, 법원의 잘못, 어른들의 잘못 때문이다. 피해자들은 판사님이 전지전능할 것이라 생각하지만 판사도 사람이기 때문에 진실을 제대로 판단하지 못할 때도 있다는 것을 꼭 기억해 주면 좋겠다. 그래도 분하거나 힘든 날이면 처음 1심 판결, 2심 판결이 피해자가 입은 피해에 대해 자세히 판단하고 있고 그 판결이 진실을 담고 있으니 판결문의 주문을 읽고 마음에 위로를 얻게 되길 간절히 바란다.

"밥은 먹었는지…… 그리고 미안해요"
—양가감정

"한방에서 자지 마라." 친부 성폭력 피해자에게 상담
선생님이 해준 말이다. 부모님이 이혼한 후 피해자는
친척집에서 지내게 되었다. 지방에서 일하는 아빠가
주말이면 서울 친척집에 와서 어린 딸과 함께 한방에서
잠을 자곤 했다. 누구보다 딸을 보호해 주어야 할
사람이었음에도 한방에서 잠을 자는 어린 딸을
추행하거나 성폭행했다.

　　피해자는 고민 끝에 학교 상담 선생님과 상담을
했다. 아빠가 자신을 성폭행했다는 내용을 털어놓았다.
선생님은 당연히 피해자에게 아빠를 고소하고 싶은지
물었다. 피해자는 싫다고 했다. "아빠를 고소하게 되면
우리 집안이 콩가루 집안으로 소문나잖아요." 이것이
피해자가 신고를 원하지 않는 이유였다. 그러자 상담
선생님이 피해자에게 "아빠가 서울 왔을 때 가급적 같은
방에서 자지 말라"는 조언을 해준 것 말고는 그 어떤
적극적 조치도 취하지 않았다.

　　상담 선생님은 피해자 의사를 존중한 것일 테지만

그것은 법에 반하는 잘못된 조치였다. 아동·청소년의 성보호에 관한 법률에서는 업무와 관련해 아동·청소년이 성폭력 피해자라는 사실을 알게 된 경우 즉각 신고할 의무를 부과하고 있다. 또한 위반 시 과태료 처분이 가능하도록 규정하고 있다. 이 사건 상담 선생님이 법대로 신고했다면 피해자의 고통이 조금 일찍 중단되었을 것이다. 상담 선생님은 피해 학생이 원하지 않는데도 법 규정대로 신고할 경우 서로 믿음이 깨지고, 그런 일이 반복되면 다른 학생들도 선생님을 신뢰하지 않고 마음속 이야기를 털어놓지 않을까 봐 염려했을 것이다.

하지만 그럴 경우라도 피해자에게 신고를 원하지 않는 이유를 물어봐야 한다. 학교나 주변에 소문날까 봐 걱정된다고 하면 가명으로도 신고가 가능하고, 고소 사실이 자동으로 공개되는 것은 아니라고 잘 설명해 주어야 한다. 가해자가 더 큰 잘못을 저지르지 않도록 하기 위해서라도 고소하는 게 필요하다고 알려 줘야 한다. 보호자인 가해자를 고소할 경우 당장 집에서 쫓겨날지 모른다고 두려워한다면 청소년 보호시설에서 생활할 수 있다는 정보를 알려주어 피해자를 안심시키는 것도 상담 선생님의 역할이다. 그래도 피해자가 고소를 반대하면 신고 의무를 이행하되 담당 수사관에게 피해자가 어떤 부분을 불안해하는지 알려주고 수사기관에서 피해자를 배려할 수 있도록 해야 한다.

피해 상담 이후에도 아빠의 성폭행은 계속되었다.
피해자는 더는 고통을 견딜 수 없어 사촌한테 도움을
청했다. 용기를 낸 피해자가 직접 경찰에 신고했다.
나는 서울중앙지검으로부터 연락을 받고 피해자 법률
조력을 하게 되었다. 가해자는 보통의 가해자들처럼
혐의를 부인했다. 하지만 피해자가 고소하기 수개월 전에
학교에서 상담한 내용 등을 근거로 가해자는 구속되었다.

1심 재판에 피해자가 증인으로 출석했다. 피해자는
말을 그렇게 잘하는 학생이 아니었다. 솔직히 말하면 말을
참 못하는 아이였다. 가해자 측 변호사의 질문에 단어
하나하나를 마음으로 누르고 눌러 대답하는 것 같았다.
그나마 내게 이야기할 때는 이런저런 피해 사실을 잘
털어놓는데 검사와 판사 앞에서는 말하는 것 자체를 너무
힘들어했다. 그 당시 나는 그저 피해자가 말하는 재주가
없는 아이인가 보다고 생각했다. 돌이켜보니 내가 그 아이
입장에 섰더라도 엄숙한 법정에서 난생처음 만난 검사와
판사에게 아빠의 잘못을 이야기하는 게 쉽지는 않았을
것 같다. 하나밖에 없는 가족인 아빠가 구속되었으니
그런 상황들이 어린 학생에게는 감당하기 어려운 고통 그
자체였을 것이다.

피해자가 살던 사촌언니 집 방에는 문짝이 없었다.

바람이 잘 안 통한다고 사촌언니가 문짝을 떼어내고 얇은
커튼 하나를 달아주었을 뿐이었다. 감수성 예민한 사춘기
소녀가 문짝도 없는 작은 방에서 묵묵히 생활했다는
것도 안타까운데, 주말이면 찾아오는 아빠에게 성적인
괴롭힘을 당한 것이다. 피고인 측은 문짝이 없는 점을 들어
성폭행하기 어려운 상황인 것을 강조했지만 나는 전혀
그렇게 생각하지 않는다. 사촌언니가 문짝을 떼어내도
불편하다는 말 한마디 하지 못한 채 그 공간에서 살았던
사람이 피해자다. 그런 아이였기에 한밤중에 아빠가
자신을 괴롭힐 때도 거부하거나 소리쳐 도움을 구하지
못한 채 참을 수밖에 없지 않았을까. 그리고 그 힘든
마음을 참고 참다가 학교 상담 선생님에게 털어놓았을
것이다. 그러면서도 아빠에 대한 고소는 원하지 않는다고
말했던 아이의 마음은 일련의 사정들과 서로서로
연결되어 피해자의 성향을 알려주는 것들이다.
　　피해자는 법정에서 아빠가 콘돔을 썼다고 증언했다.
하지만 콘돔을 사용한 시점이 학교 상담 전인지 후인지
제대로 기억하지 못했다. 가해자 측 변호인은 증인으로
나온 피해자를 추궁했다. "아빠가 콘돔을 사용했다면 너무
충격적인 일이라 기억할 수밖에 없을 텐데, 언제 아빠가
콘돔을 썼는지 기억하지 못한다는 건가요?"라며 내몰았다.
아이에게는 아빠가 자신을 성폭행한 사실 자체가

충격이지, 언제 콘돔을 꼈는지는 중요한 것이 아니지 않나. 그럼에도 가해자 측 변호인은 그런 식의 질문으로 어린 피해자를 몰아붙였다.

당시 공판검사도 정말 열심히 사건을 진행해 주었다. 피해자가 제대로 답을 못하자 답답했는지 증인신문을 마치면서 마지막으로 하고 싶은 말이 있으면 해 보라고 했다. 그러자 피해자가 한참 뜸을 들이더니 수의를 입고 법정에 앉아 있는 피고인을 향해 "밥은 먹었는지……?"라고 물었다. 그리고 "미안해요"라고 말했다. 그 순간 피고인 변호사가 벌떡 일어나 "지금이라도 늦지 않았다. 결국 증인을 지켜줄 사람은 증인의 가족밖에 없다"라며 마치 피해자에게 양심선언이라도 하라는 듯이 채근했다.

이 사건은 법무부가 피해자의 국선변호사제도를 시행한 이후 1호 법률 조력인 지정 사건이었는데 1심에서 무죄가 나왔다. 성폭행한 사실이 없다면 피해자가 고소 한참 전에 학교 선생님에게 피해 상담한 이유를 설명하기 어려워진다. 아빠를 모함할 목적이었다면 선생님이 신고를 원하는지 물었을 때 원한다고 하는 게 상식적이다. 이 사건 피해자는 신고는 원치 않는다고 했다. 피해자의 법정 진술이 명확하지 않은 경우, 그보다 앞서 있었던 성폭력 상담이 신빙할만한 상황에서 이루어졌다면 그 상담일지가 더 중요한 증거라는 점을 강조했다. 그런데도 무죄가 나왔다.

즉각 항소했다. 항소심에서 학교 상담 선생님을 증인으로 불렀다. 그 선생님이 처음에는 증인으로 나오는 것을 망설인 것으로 기억한다. 신고 의무를 이행하지 않아 심리적 부담을 느껴 증인으로 나오지 않으려 했던 것 같다. 항소심에서는 징역 7년의 유죄판결이 나왔다. 무죄판결이 나온 이후 피해자가 항소심 재판부 판사에게 편지를 썼다. 그 편지 내용에 왜 1심 법정에서 증인으로 출석하여 아빠한테 밥은 먹었는지 물어본 심경에 대해서도 담겨 있었다. 성폭력 피해자들이 가해자에 대해 갖는 전형적인 양가감정인 것이다.

그 당시 나는 피해자 변호사로서의 최후 진술에서 이렇게 발언했다. "본 사건 피해자는 열다섯 살 나이에 친족 성폭력 피해를 입고 학교 선생님께 피해에 대해 상담을 했지만 아버지에 대한 고소는 거부했었습니다. 그리고 이 사건 법정에서 피고인에게 마지막으로 하고 싶은 말이 있냐는 질문에 '밥은 잘 먹고 있으려나, 미안해요'라고 말했습니다. 존경하는 재판장님, 본 사건의 실체 진실에 대한 준엄한 판단을 통해 피해자가 더 이상 피고인에게 미안해 하지 않아도 된다는 사실을 알려 주시기 바랍니다."

내가 이 사건을 꺼낸 것은 양가감정에 대한 이야기를 해보기 위해서다. 피해자는 가해자에 대해 상반되는 두 가지 감정을 다 가지고 있다. 가해자가 자기를 성적으로 괴롭힌 것에 대해선 너무 불편하고 싫은 감정이 있다. 반면, 예컨대 가해자가 아버지일 경우 자기를 이만큼 키워준 사람이기에 고마워하는 감정도 함께 가지고 있는 것이다. 이 사건의 경우처럼 피해자가 신고함으로써 가해자가 구속되면 수감생활로 고생하는 가해자에게 미안한 감정도 가지게 된다.

잘 알고 지내던 친족 간 성폭력의 경우 피해자의 양가감정이 개입하기 때문에 사건 이후에도 가해자와 친족 관계를 그럭저럭 유지하는 일들이 많다. 가족 행사 있으면 인사를 나누기도 하고 같이 밥도 먹고 친척들과 단체여행도 가고 그런 경우들도 있다. 그렇다고 그 전에 있었던 성폭력이 성폭력이 아닌 게 되는 건 아니다. 연기처럼 성폭력의 기억이 사라졌기 때문도 아니다.

친족 관계가 아니더라도 성폭력 피해 이후 가해자와의 관계 유지를 완전히 차단하는 경우는 보통 사람들의 짐작만큼 많지는 않다. 피해자가 가해자와의 관계를 전면 적대적 관계로 변화시키는 것도 아니다. 여러 외부 요인 때문에 성폭력에 대한 기억을 간직한 채 가해자와 대화하고 웃고 협력하는 경우도 있는 것이다.

어떻게 그럴 수 있는지 의아해한다면 당신은 성폭력이
피해자의 정상적 삶을 완전히 해체해 버릴 것이라는
편견을 가지고 있기 때문이 아닐까? 자동차를 운전하다
큰 사고를 당한 사람이 다시 다른 차량을 구입하거나 사고
차량을 수리해 운전하는 것이 꼭 이상한 일은 아니지
않나. 성폭력 피해를 입었더라도 그것과 별개로 가해자와
사회적, 업무적 관계를 유지할 수도 있는 것이다.

　자신을 성폭행한 아빠가 구속되어 재판받는 모습을
보면서 '밥은 제대로 먹고 있는지' 걱정하는 피해자의
마음 그리고 고소하는 바람에 수의를 입고 재판받고 있는
가해자에 대해 미안해하는 마음은 아빠의 성폭력으로
참을 수 없이 힘들었던 피해자의 마음과 양립 가능하다.
이러한 '양가감정'은 상대방과의 관계성에 따라 누구나
겪을 수 있는 지극히 인간적인 감정이다.

"젊은 남자가 뭐가 아쉬워서"
—2차 가해

가해자에 대해 무죄판결이 나온다고 피해자의 삶이 끝나
버리는 것은 아니다. 그러나 피해자가 스스로 목숨을 끊게
되면 그 모든 것이 끝나 버린다. 그러니 어떤 일이 있어도
씩씩하게 살아내야 한다고 나는 강조하고 또 강조한다.
지금 말하려는 사건은 2020년에 영화로도 만들어졌다.
우리 사무실에서 구조한 사건인데, 육십 대 성폭력
피해자가 수사 진행 중에 그만 극단적 선택을 했다.

피해자는 하지정맥류 수술을 위해 병원에 입원해
있던 중 남자간호조무사로부터 성폭력을 당했다. 수술 후
다리에 감고 있던 붕대가 풀어져 도움을 받으려고 병원
2층 처치실에 갔다. 삼십 대 남자간호조무사가 허벅지에
붕대를 다시 매주는 과정에서 성폭력을 한 것이다. 당시
피해자는 한 손을 잘 쓰지 못하는 상태였고, 다른 한
손에는 링거가 꽂혀 있었다. 또 한쪽 다리는 수술로 불편한
상태라서 적극적으로 저항하는 게 더욱 어려웠다.

성폭력 사건 직후 피해자가 남편에게 알렸다. 곧장
남편이 가해자를 만나 항의했다. 그 과정에서 잘못을

인정하는 자인서를 쓴 가해자와 피해자 측 사이에 합의
논의가 있었다. 피해자가 형사고소를 하자 가해자는
합의금을 논의했던 사실을 부각시켜 피해자를 '꽃뱀'인
것마냥 매도했다. 주변 사람들은 "삼십 대 남자가
미쳤다고 나이든 할머니를 건드리냐"며 너무도 쉽게
피해자를 모욕하는 말들을 한마디씩 거들곤 했다.

　　피해자는 가해자가 바로 구속되지 않자 우리
사무실로 구조 요청을 해 왔다. 첫 상담 할 때 피해자가
사용했던 표현이 남달랐다. 사건 당시 "눈앞이 온통
새빨갛더라"고 말했다. 보통은 '눈앞이 캄캄하다'고 하는데
이 분은 참 특이하게 표현한다고 생각했다.

　　어느 날 피해자 남편이 전화를 주었다. 피해자가
투신자살했다는 것이다. 검찰이 영장청구를 했는데
법원에서 구속영장이 기각되었다. 가해자 신분과
주거지가 일정하다는 것이 불구속 사유였다. 불구속
수사가 원칙이라 아쉽지만 어쩔 수 없었다. 그런데
피해자는 영장이 계속 기각되니까 법원이 가해자에게
죄가 없다고 판단한 것으로 짐작하셨던 것 같다. 작은
지역사회에서 합의금을 거론했다는 이유로 꽃뱀으로
매도당하는 상황이었는데 가해자가 구속되지 않자 법원의
결정이 그런 소문을 정당화시켜주는 것으로 생각했던
것도 같다. 피해자가 남긴 유서에는 '너무 억울해서 살

수가 없으니 자신의 억울함을 꼭 풀어달라'는 내용이
빼곡히 담겨 있었다

　　남편이 이후 사무실에 찾아와서 피해자의 삶에
대해 몇 가지 이야기를 들려주었다. 피해자가 예전에
강도한테 상해를 당한 적이 있는데 그때 한쪽 손목 신경이
끊어졌다는 것이다. 그러는 바람에 식당일을 하다가
칼질을 잘못해 손끝을 베어도 통증을 느끼지 못했다고.
그제야 나는 피해자가 처음 상담 와서 성폭력을 당할 당시
한쪽 손은 아예 못 썼다고 말했던 이유를 알았다. 그쪽
손목 신경이 끊어졌기 때문이라는 걸. 피해자는 곗돈 타던
날 목돈을 가방에 넣고 공중전화 부스에서 전화를 하고
있었다고 했다. 강도가 그 틈을 타 돈 가방을 빼앗으려고
했는데 저항하자 아주머니에게 칼을 휘두르는 바람에
공중전화 부스 바닥에 피가 홍건했었다고.

　　그 얘길 듣고 나서야 피해자가 왜 "눈앞이
새빨갰다"라고 말했는지 이해할 수 있었다. 피해자는
이전에 당한 범죄 피해로 트라우마가 생겼던 것이다. 그런
상태에서 다시 성폭력을 당하니까 피가 홍건했던 과거의
트라우마가 되살아나 눈앞이 새빨갛게 보였던 것이다.

　　이 사건은 경찰에서 피해자 조사를 했을 뿐 검찰로
송치된 이후에는 피해자 조사가 전혀 없었던 상태였다.
그 당시는 증거법상 피해자의 경찰 진술조서는 피고인이

동의하지 않으면 증거로 쓸 수 없었다. 억울함을 풀어드리고 싶었는데 피해자 사망으로 피해를 증명하기가 더 어려워진 것이다. 유서를 읽은 후 검사에게 전화하고 검찰청으로 찾아갔다.

피해자는 사망하고 없지만 천만다행으로 경찰 단계에서 피해자 진술을 녹화 기록한 CD가 존재하고 있었다. 검사가 영상 녹화된 진술조서 등을 토대로 적극 기소를 했다. 법원은 피해자가 수사 중 자살했지만 피해자의 경찰 진술조서 작성에 허위가 개입되지 않았고, 진술의 신빙성을 담보할 수 있는 구체적 정황 등이 인정된다는 이유로 경찰에서의 피해자 진술조서를 증거로 채택해 주었다.

기소된 후 1심 재판이 꽤 오래 진행됐다. 그 무렵 내가 여성가족부 국장으로 가게 되면서 후배 변호사에게 맡기고 사건에서 손을 떼야만 했다. 공무원을 하면서도 늘 궁금했는데 2014년 9월경 후배 변호사로부터 가해자가 유죄 판결받고 1심에서 법정 구속되었다는 소식을 전해 들었다. 그때 광화문을 걸어가던 중 전화를 받았는데 너무 기뻐서 혼자 소리를 질렀다.

이 사건은 2차 가해가 피해자를 사망에 이르게 할 수 있다는 것을 보여준다. 그리고 2차 가해가 피해자에게 얼마나 끔찍한 모욕감을 불러일으키는지 보여주는 사건이기도 하다. '젊은 남자가 뭐가 아쉬워서 할머니를 성폭행하겠나?', '나이든 여자가 남편이랑 짜고 돈 뜯어내려고 젊은 사람을 곤경에 처하게 했다'라는 말들이 그 지역을 떠돌던 소문이었다. 피해자는 너무 모욕스러워했다. 젊은 남성이 나이든 여성을 성폭력하지 않는다는 것은 가해자 중심적인 편견일 뿐이다. 고소 과정이 힘들 것 같아 합의를 요구했다고 해서 꽃뱀으로 몰아가는 것은 매우 잘못된 공격이다. 교통사고 난 후 신고하지 않고 자동차 수리비 요구하면 사기꾼인가?

2차 가해성 발언을 아무렇지 않게 하는 사람들 중 사건의 전체 맥락을 알고 떠드는 사람은 거의 없는 것 같다. 그냥 누군가가 한 말을 옮기고 거기에 살을 붙이는 식이다. 그런데 그런 말이 돌고 돌아 피해자 귀에 들어가게 된다. 듣고 넘겨 버리기에는 너무 잔인한 말들이다. 2차 가해는 영혼에 상처를 줄 뿐만 아니라 생명을 앗아 가기도 한다. 우리들이 2차 가해에 대해 조금 더 섬세하게 조금 더 강력하게 대응해야 하는 이유가 여기에 있다.

사랑이 흉기가 될 때
— 데이트 폭력

요즘 '안전 이별'을 위협하는 것 중 하나가 디지털
성범죄다. 동거하던 남자친구와 헤어지는 과정에서 남성
측의 폭행, 서버 자동폭파장치 협박, 몰카 촬영 때문에
피해를 입은 여성이 있었다. 피해자는 폭력 성향이 있는
가해자를 두려워했다. 그런 상황의 반복에 지친 피해자가
헤어지자고 하자 가해자는 피해자 가족과 지인들에게
피해자가 알리고 싶어하지 않았던 사적 비밀을
폭로하겠다며 압박했다.

　　가해자는 자신을 피하는 피해자에게 '연락받아라,
받지 않으면 성관계 동영상을 유포하겠다'라는 협박을
서슴지 않았다. 가해자가 보낸 카카오톡 메시지를 확인해
보니 '촬영한 동영상을 해외 서버에 저장했다'라거나
'자동폭파장치를 걸어두었다'라는 표현이 있었다.
자동폭파장치란 일정 시간이 되면 잠가둔 파일 영상이 전
세계에 자동공개되어 누구든 퍼갈 수 있는 것을 의미한다.
상상만으로도 끔찍한 위협이었다. 가해자는 '잡히면 10년
정도 감방 갈 각오하고 있다'라는 문자도 피해자에게

보냈다. 피해자는 그 문자에 더욱 경악했다. 중형을 감수하고라도 성관계 동영상을 유출하는 불법행위를 하고야 말겠다는 의지로 읽혔기 때문이다.

가해자에 대한 영장실질심사에 피해자 대리인으로 참석했다. 당시 나는 재판부에 '가해자가 피해자의 몸, 정신, 일상생활 그 어떤 것에 대해서도 통제할 권한이 없음에도 불구하고 마치 피해자 몸, 정신, 일상생활의 주인인 것처럼 헤어진 연인에게 폭력을 행사하고 협박을 하고 가족들에게 숨기고 싶은 사생활을 공개하여 고통을 가하고 있음'을 강조했다.

그 후 가해자는 구속되었고 징역형의 실형 선고를 받았다. 가해자가 예상했던 것보다도 훨씬 낮은 형량이었다. 가해자는 어느덧 수감생활을 마치고 출소하여 일상생활을 하고 있으나, 피해자는 아직도 세상 밖으로 나오지 못하고 있다. 어딘가에서 자신의 얼굴, 내밀한 신체 부분이 담긴 영상이 유포되어 소비되고 있을 거라는 불안감 때문에 수면제를 복용해도 잠을 잘 수 없다고 했다.

가해자가 구속되기 전 피해자는 경찰이 제공해 준 스마트워치를 착용하고 있었으나 불안해서 외출할 수 없었다. 피해자 사는 곳을 아는 가해자가 쫓아와 자신을 공격할지 모른다는 불안감 때문이었다. 피해자는 집 안에 있는 것을 가해자가 알아챌까 봐 밤에도 불을 켤 수도 없었다. 집 밖에 있는 전기계량기 돌아가는 것을 보고 가해자가 눈치챌까 봐 세탁기 등 가전제품도 사용하지 않았다. 사실상 심리적 감금 상태였다.

피해자는 가해자가 실형 선고를 받은 이후 손해배상청구를 했다. 피해자의 정신적 고통에 대해 금전으로 배상하는 내용으로 조정되었으나 가해자는 아직까지도 피해자에게 배상하지 않고 있다. 화가 난 피해자가 가해자의 SNS에 돈을 갚으라는 취지의 댓글을 달았다가 오히려 명예훼손으로 고소를 당했다. 피해자의 삶을 고통의 터널 속으로 밀어 넣은 가해자가 고소를 하고, 그의 명예가 훼손되었다며 피해 여성을 벌금형으로 기소한 검사의 처분이 참 야박하게 느껴졌다.

몇 년 전 사건 초기만 해도 피해자는 정신적으로는 매우 불안했지만 보통의 건강한 사람이었다. 가해자의 명예훼손 고소로 몇 년만에 다시 만난 피해자는 건강이 너무 악화된 상태였다. 계속 정신과 약을 복용하고 집안에서만 생활하다 보니까 신체 리듬이 모두 깨진 것이다. 가해자가 몰카 영상을 어딘가에 유포했을지도 모른다는 불안감 때문에 몇 년째 사회생활을 하지 못하고 집 안에 스스로를 가둔 결과였다.

이 두 사람도 한때는 서로 사랑하는 애틋한 사이였을

것이다. 함께 하는 미래를 꿈꿀 정도로 아름다운 시절을
공유했을 것이다. 그런데 어느 순간 사랑이 집착이 되고,
집착이 폭력을 낳고 결국은 남보다도 못한 사이가 되어
버렸다. 데이트 폭력은 상대를 소유하려는 마음에서
비롯되는 것 같다. 사람의 감정은 시간이 지나면 변하기
마련인데 상대방이 나 아닌 다른 사람을 좋아하게
되었다는 이유로 폭력으로 그 마음을 돌리려고 한다.
'헤어지자'라는 말에 격분하여 끔찍한 폭력을 행사하고
그 자신에게도 돌이킬 수 없는 결과를 초래하기도 한다.
데이트 상대를 독립된 인격체가 아닌 자신의 소유물로
잘못 생각한 탓이다. 그래서 상대방의 일상을 통제하려
들고, 헤어지려는 마음을 바꾸지 않으면 그 사람의 일상을
파괴해 버리려 한다. 사랑을 나누면서 촬영한 사진, 영상은
어느 순간 상대방을 파괴하는 흉기가 된다.

국가형벌권 행사에 의해 가해자가 처벌받기는 했지만,
그로 인한 피해자의 개인적 피해는 전혀 회복되지
않았는데 오히려 피해자가 가해자 신분이 되어 경찰
조사를 받는 것이 안타까웠다. 조사를 마친 후 피해자를
위로해주고 싶었는데 딱히 적절한 말이 떠오르지 않았다.
그때 피해자가 백팩에서 뭔가를 주섬주섬 꺼냈다. 티백
차 선물이었다. 내가 위로의 말을 찾지 못하고 있는 동안

그녀는 내게 줄 선물을 미리 준비했던 것이다. 그녀는 늘 고맙다는 말을 잊지 않았다. 구조 사건인데 내가 조사에 직접 참여하는 것에 매번 고마워했다. 사건을 맡은 이상 변호사인 내가 해야 하는 당연한 일인데 말이다.

이 사건은 원래 관할경찰서 수사관으로부터 무료법률지원을 해달라는 연락을 받고 지원한 사건이다. 가해자에게 속수무책으로 당하기만 하던 피해자가 무작정 경찰을 찾아가서 신고 및 수사 의뢰를 했다. 형사가 피해자의 말을 들어보니 여러 가지 죄목들이 걸려 있는 등 사안이 복잡해서 무료법률구조로 연계한 것이다.

무료구조는 보통 피해자 지원센터를 통해서 연락을 받는다. 그런데 우리 사무실은 기존에 진행했던 무료구조 사건 담당 수사관을 통해서 구조 요청을 받는 경우가 간혹 있었다. 피해 주장을 뒷받침하는 증거를 첨부하고, 피해자 경찰 조사에 변호사가 입회하고, 적절한 추가 수사요청사항을 의견서로 제출하는 등의 적극적 활동을 긍정적으로 평가해 주었기 때문이라고 생각한다.

피해자 구조 사건을 하면서 내 직업이 변호사임에 늘 감사했다. 세상에 변호사는 수없이 많지만 삶의 힘든 지점에 서 있는 피해자가 다시 용기를 내어 일상을 살아내도록 곁에서 도움 줄 기회를 갖게 되는 사람이 많지는 않다. 비록 일이 힘들고 몸이 고될 때도 많지만 피해자 구조사건을 하면서 그런 기회를 많이 얻었다. 피해자가 힘을 얻는 과정을 지켜보면서 나 또한 변호사로서 조금씩 더 단단해진 것 같다.

3장 누군가 걸어가면 길이 된다

존엄을 지키는 두 갈래길
─피해자 변론, 가해자 변론

내가 20년 넘는 변호사 생활 중 상당 기간을 성폭력
사건을 구조해 온 이유를 궁금해하는 분들이 간혹 있다.
나는 사법연수원 수료 직후 이혼 사건을 전문으로
하는 개인 변호사 사무실에 취직했다. 연수원 2년 차
시절 변호사 시보 생활을 두 달간 했던 같은 대학 선배
사무실이었다. 시보를 마칠 무렵 선배로부터 같이 일해
보자는 제안을 받고 소위 말하는 '새끼 변호사'로 1년
동안 열심히 일했다. 한 달에 약 80건 정도의 사건을
담당했었던 거로 기억한다. 하루에 세 번 재판을 들어간
적도 있었다. 그러다 보니 연수원 동기들이 가사사건
관련해서 나한테 이것저것 물어볼 때가 많았다. 생생한
현장 경험을 통해 실력을 쌓을 수 있는 알찬 시간이었다.
    나는 작은 농촌 마을에서 1남 4녀 중 막내로 태어나
부모님 사랑도 많이 받았다. 오빠, 언니들도 늘 이뻐해
주고, 나름 공부도 잘해 학교에서도 인정받는 학생이었다.
그러다 보니 몸으로 직접 체감하는 남녀차별을 겪지는
않았다. 여자고등학교, 여자 대학을 다녀서 성차별 상황을

접할 기회도 거의 없었다. 변호사 시보 생활하면서 접한 사건들을 통해 여전히 우리 사회에 남녀차별이 존재하고, 폭력으로 고통받으면서도 그 굴레를 벗어나지 못하는 여성들이 많다는 사실을 깨닫게 되었다. 개인적 경험과 사회적 현실 사이의 괴리가 있었다는 것을 그제야 알게 됐던 것이다.

특히 결혼이주여성은 우리 사회에서 인권의 사각지대에 있다는 것을 알게 됐다. 폭력을 당하는 피해 여성들 중에는 경제적 약자나 소수자뿐 아니라 이름 대면 알 만한 사람들, 전문직종 종사 여성들도 많다는 것을 알았다. 가정폭력 피해는 사회적 신분이나 지위를 가리지 않는 것이다. 그런 사건들을 계속 맡다 보니 지하철을 타면 남자들 손이 솥뚜껑만큼이나 크게 보일 때도 있었다. '저 사람은 저 손으로 집에 가면 부인을 때릴까, 안 때릴까?' 이런 생각이 저절로 들었다.

변호사 1년 차에 이혼 사건뿐 아니라 가정폭력 피해자, 성폭력 피해자, 결혼이주여성 피해자, 트랜스젠더, 성매매 피해자 등을 주로 대리했다. 피해자 지원단체에 가서 정기적으로 피해자 상담을 하고 도움이 필요한 피해자들을 법률 구조하면서 관련 분야에 대한 문제의식이 명확해져 갔다. 변호사라서 할 수 있는 일들이었다. 나는 이미 알고 있는 법률 지식이지만 피해자들은 절차도 내용도 막막한 법률 영역이었다.
그럴 때 변호사가 도와주고 격려해주면 피해자들이 힘을
받았고 나 또한 그런 모습을 보면서 힘을 얻었다. 서로가
서로에게 힘이 되었다.

나는 20년 동안 피해자를 지원하는 구조 사건을
하면서 고소장 작성, 피해자 진술시 참여, 의견서 제출,
공판절차 참여, 피해자 증인 출석할 때 신뢰관계자로 동석,
결심 공판할 때 피해자 측 최후 진술 등을 하는 데 적극
참여해 왔다. 지방에 있는 해바라기센터에 갔을 때 파견
나온 수사관으로부터 "피해자 변호사님이 오신 경우는
처음이다"라는 이야기를 들은 적도 있다. 피해자 진술을
듣고 수사관에게 추가로 질문해 달라고 질문지를 드리는
경우도 있다. 꼭 필요한 사항인데 수사관이 질문하지
않으면 그런 방식으로 추가 질문을 하도록 부탁한다.
어느덧 연차가 쌓이다 보니 가끔은 수사관이 "변호사님,
뭐 더 질문하면 좋을 내용 있으신가요?"라고 수사 말미에
묻기도 한다. 피해자 조사 입회하면서 만난 수사관이 내게
연락하여 다른 성폭력 사건 관련 판례 등에 대해 자문을
구하는 경우도 있다.

간혹 재판부가 피해자 진술을 믿을 수 없다고 하면서
'피해자 진술이 시간이 지날수록 구체화된다'는 이유를
적시한다. 실상은 초기 수사에서는 수사관이 질문하지

않았기 때문에 답을 하지 못한 것이다. 나중에 검찰 혹은
법정에서 질문을 받고서야 그에 대해 피해자가 답을
하는 경우가 있다. 묻지 않았으니 답을 하지 않은 것이지
물었는데 나중에 기억이 나서 진술한 것이 아니지 않은가.
이런 어처구니없는 이유로 무죄판결이 나오는 경우도
있기 때문에 피해자의 초기 진술이 그만큼 중요하다. 그
과정에 변호사가 참여해서 쟁점 사항에 대해 수사관이
질문하지 않으면 추가하도록 요청하는 것은 의미있는
일이다.

내가 지원했던 성폭력 사건 중에는 가해자가
유명인인 경우들도 꽤 있었다. 기업 대표, 현직 국회의원,
연예인 등 다양했다. 매 사건을 접할 때마다 내가 주목한
것은 '피해자'였다. 가해자에게 책임을 묻고자 하는
피해자의 의사가 확실하고, 피해 사실을 뒷받침할만한
정황증거가 있으면 피해자를 대리해 왔다. 가해자의
직업이나 사회적 신분, 그가 가진 권력은 내가 고려하는
요소가 아니었다. 그런데 요 근래 나는 특정 진영
지지자들로부터 무수한 공격을 받고 있다. 사건에 대한
이해가 없는 감정적인 인신공격이 대부분이다. 간혹
그런 부당한 공격에 맞서 피해자와 피해자에게 조력한
대리인에 대한 공격을 멈추라고 목소리 내 주시는 분들도
있다. 그럴 때는 사막에서 오아시스를 만난 기분이다. 그런

분들의 목소리가 상처 입은 마음을 보듬어 주곤 한다.

성폭력은 인간의 존엄을 훼손하는 행위다. 인권에 관한 문제이고 폭력에 관한 문제다. 진영논리에 따라 달리 볼 이슈가 전혀 아니다. 정치적 지향과 무관하게 본질을 파악해야 하는 문제다. 그런데 우리는 그렇지 않다. 견고한 진영의 장막을 성폭력 사건 위에 올려놓는다. 그러한 장막을 걷어치우면 사안의 본질은 명확하다.

성폭력 사건과 관련해서는 주로 피해자 사건을 대리했다. 그러나 지금까지 손가락에 꼽을 정도지만 가해자 사건을 한 적도 있다. 범행 사실을 인정하고 피해자와 적극적으로 합의하기 위해 나를 변호사로 선임하는 사건도 있었다. 정말 억울해서 피해자 대리를 전문으로 하는 변호사가 오히려 피해자 관점에서 자기 사건을 변호해 달라고 요청하는 가해자 사건도 있었다.

변호사 초창기에 사귀던 여자친구를 성폭행했다는 이유로 기소되어 1심에서 징역형이 선고된 피고인의 항소심 사건을 변호한 적이 있다. 법정에서 실험 도구까지 이용해 변론하면서 열심히 무죄 주장을 했는데 항소기각이 나왔다. 피고인은 4년형을 복역하고 출소한 이후 가끔 내게 연락을 한다. 출소 몇 년이 지난 후 피고인은 결혼하고 아이들을 여럿 낳아 키우며 열심히 살고 있다. 그 의뢰인은 넉살 좋게 나를 누나라고 부른다.

이런 이야기를 하는 것은 성폭력 범죄가 천하에 나쁜 사람들만 저지르는 일은 아니다는 것을 말하고 싶어서다. 성폭력에 대해 엄중한 책임을 져야 하는 것은 말할 필요가 없다. 수감 생활로 그 책임을 다하고 나왔다면 사회에 복귀해서 새 삶을 살아갈 수 있도록 해야 한다. 정말로 사회에 미치는 해악이 큰 범죄라면 중형을 선고해서 수감 생활을 오래 하도록 하되 교도소 안에서 제대로 교화될 수 있도록 교정프로그램을 내실화하면 좋겠다. 그리고 수감 생활을 마친 후 사회로 돌아온 사람이라면 그의 가족, 이웃, 사회 속에서 더불어 살아갈 수 있도록 하는 것이 필요하다. 전자발찌, 우편고지, 취업제한, 화학적 약물 거세 등의 제재 일변도 조치들이 가해자를 우리 사회에 발붙이지 못하게 만들면, 그 결과 우리 사회가 더 불안해질 수밖에 없다.

내가 말하고 싶은 것은 간단하다. 성폭력 범죄자든 다른 사건 범죄자든 자신의 잘못에 대해 제대로 형사책임을 져야 한다는 것이다. 그러나 그 이후 인간으로서의 기본적인 삶이 계속 공격받아서는 안 된다. 성범죄자로 낙인찍히면 더 이상 사회에 발붙이고 살 수 없게 된다는 생각 때문에 극단적 선택을 해 버리거나, 잘못을 인정하지 않은 채 죽기 살기로 범행을 부인하면서 피해자를 공격한다. 어느 경우든 피해자에게는 또 다른 상처가 된다. 고소했다가 가해자가 극단적 선택을 할까 봐, 처벌받은 이후 가해자로부터 보복당할까 봐 불안해서 고소조차 망설이게 된다.

성폭력 피해자 대리를 주로 해왔기 때문에 간혹 가해자 상담을 하거나 변론을 할 때 의뢰인에게 성인지 감수성과 관련하여 그가 잘못 알고 있는 부분을 지적하고 제대로 이해할 수 있도록 설명해 준다. 자신의 억울함에 대해 적극적으로 다투는 것과는 별개로 부당하게 피해자에게 반감을 갖지 않도록 조언한다. 그리고 사건을 진행하면서 주변 사람들, 동료들에게 불필요한 이야기를 하여 피해자 명예를 훼손하는 행위를 하지 않도록 주의를 준다. 그런 면에서 나는 성폭력 피해자 대리를 많이 해 본 변호사가 성폭력 가해자 변호를 하는 것이 나쁘지 않다고 생각한다. 교통사고 피해자 대리를 전문으로 하는 변호사가 교통사고 가해자 사건을 변론하는 것과 달리 볼 이유가 없다.

2022년 하반기에 한국성폭력위기센터로부터 성폭력 피해자 구조 변호사에서 해촉한다는 통지를 전자메일로 받았다. 강제추행 혐의로 1심에서 벌금형이 선고된 피고인의 항소심 사건을 변호했는데 그 사건 피해자를

지원하는 여성단체가 내가 가해자 변호하는 것에 대해
문제 제기를 했기 때문이라고 한다.

　박원순 사건 피해자를 구조하면서 무수한 공격 특히
여성계 원로들의 나에 대한 비난을 직간접적으로 전해
듣고 대리인이었던 나의 심리적 내상 또한 심했다. 그
때문에 2020년을 마지막으로 피해자 지원센터를 통한
무료법률구조는 가급적 하지 않고 있던 터였다. 해촉
통지서를 덤덤히 받아들였다. 정책적으로는 성폭력
피해자를 지원하는 변호사가 가해자 변호를 하지
못하도록 할 이유는 없다고 여전히 생각한다. 피해자
대리를 주로 한 변호사가 가해자를 변호할 경우 적어도
사법절차에서 피고인 변호인에 의해 자행되는 피해자에
대한 2차 가해는 예방할 수 있을 것이다. 그리고 의뢰인인
가해자에게 그가 잘못 인식하는 부분이 있다면 제대로
알려주고 혹여 피해자에 대한 편견이 있다면 생각을
달리하도록 조언할 수 있다.

　내가 해촉된 사유가 된 성폭력 사건은 군인이 부하
여군을 추행했다는 이유로 1심에서 벌금형이 선고된
사건이었다. 항소심 재판을 진행하면서 격려 의미로 한
행위라 하더라도 부하 여군 입장에서는 불편할 수 있음을
내 의뢰인에게 알려 주었다. 그들이 무죄를 받게 되더라도
피해자에 대해 잘못 이해하고 있는 부분은 제대로

알려주는 것이 피해자 대리를 오래 해 온 나의 역할이라고
생각한다.

　이 사건은 항소심에서 원심 유죄판결이 파기되었고
무죄선고가 되었다. 피해자를 주로 대리했던 내가 성폭력
가해자를 옹호한 것이 아니라 성폭력 사범으로 기소되어
억울함을 주장하는 피고인을 변호했던 변호사였을
뿐이다.

　그래도 성폭력 가해자 변호를 하는 일은 특별한
사정이 없는 한 이제 하지는 못할 것 같다. 피고인을 위한
변호인석에 서 있을 때 같은 법정에 피해자 대리인으로
나와 책상도 없는 자리에 앉아 있다 돌아가는 변호사를
보면 꼭 나 자신을 보는 것 같다. 방청석에서 조용히
메모하며 사건을 모니터링하는 상담소 분들을 보면 꼭
내가 지원했던 사건들의 활동가 선생님들을 보는 것
같아서 내가 나 자신과 싸우는 것 같아서다.

열두 살 소녀와 헤어질 시간
—어떤 성폭력1

변호사는 무에서 유를 만드는 직업인 것 같다. 상담할 때에는 피해자 진술 말고는 아무것도 없을 때도 있다. 사건 관련 증거자료를 모아가면서 기록이 두꺼워진다. 이번에 이야기할 사건도 피해자 진술 이외에 확보할 수 있는 증거가 거의 없었다. 대신 피해 내용에 대한 진술은 너무 구체적이었다. 2018년에 구조 사건을 맡아 2021년에 최종 확정판결을 받았는데 내가 맡았던 사건 중 가장 많이 좌절했던 사건 중 하나이기도 했다.

2018년 3월에 시작되었던 태권도 미투 사건 피해자 중 한 명이 또 다른 성폭력 피해를 드러낸 사건이었다. 경찰에 가서 피해 진술을 한 피해자가 조사를 마친 후 피해자 연대 대표였던 언니에게 태권도 사범 성폭력 사건 전에 친척 오빠한테 성폭력 피해를 입은 적이 있는데 그 사건도 고소하고 싶다는 의사를 밝힌 것이다.

연대 대표에게서 연락이 왔다. 지방으로 출장 가서 직접 피해자와 상담했다. 중학교 1학년 때 사촌오빠한테 강간 피해를 입은 사건이었다. 당연히 구조할 사건이었다.

오래전 사건이지만 피해 상황에 대해 비교적 또렷하게
기억하고 있었다. 중학교 1학년 어린이날이었다. 가해자의
차를 타고 모텔에 가게 된 경위, 가해자 차량의 상태,
성폭력 피해를 입은 직후 임신을 걱정하는 피해자에게
가해자가 "걱정 마. 오빠, 군대에서 묶고 나왔어"라고 한 말
등을 기억하고 있었다. 가해자는 성폭력 이후 "아무한테도
말하지 마. 말하면 너희 부모님 죽는다. 너도 부끄러워서
살 수 없게 된다"라는 말을 한 후 피해자를 혼자 택시에
태워 집으로 보냈다.

고소장이 접수되면 바로 가해자가 구속될 수 있을
것이라 기대했다. 실제 그런 사실을 경험하지 않았다면
말할 수 없는 상세 정보가 피해자 진술 속에 너무 많이
담겨 있었기 때문이었다. 내 예상은 빗나갔다. 가해자가
구속되기는커녕 무혐의 처분이 나왔다. 피해 주장 시점에
가해자는 차량 운전면허가 취소된 상태였고, 가해자
명의로 보유한 차량도 없었다. 심지어 가해자가 군
면제자라 군대를 다녀온 적도 없었다. 정관수술을 받은
시점도 사건 발생일로부터 수년 후의 일이라는 것이
수사를 통해 확인되었기 때문이다.

무혐의 처분을 받아들일 수 없었다. 즉시
고등검찰청에 항고했다. 항고의 주된 요지는 '양립
가능함'이었다. '차량을 보유하지 않아도 운전하는 것이

가능하다', '운전면허가 없어도 운전하는 것이 불가능한
것은 아니다', '군 면제를 받았고 그 후 정관수술을 받았다
하더라도 사건 발생 당시 가해자가 피해자에게 그런
거짓말을 했을 수도 있다'라고 반론을 제기했다.

　　다행히 수사재기명령이 내려졌다. 우리는 검사에게
가해자와의 대질조사를 요청했다. 성폭력 피해자들은
이런 자리를 두려워하는 경우가 많다. 나는 꼭 필요하다면
대질조사를 하는 게 좋다고 피해자들에게 설명해 준다.
가해자에 대한 두려움을 깰 수 있는 계기가 되기도 한다.
가해자가 거짓말을 하고 수사관한테 추궁당해 쩔쩔매는
모습을 보면서 가해자라는 존재 자체에 대해 가졌던
두려움에 균열이 생기는 것이다. 그리고 수사 과정에서
가해자가 어떤 거짓말을 했는지 직접 확인할 수 있는
기회이기도 하다. 이 사건의 경우도 대질조사 과정에서
가해자의 거짓말을 적극 반박할 수 있었다.

　　어렵사리 가해자에 대한 기소가 이뤄졌다. 피해자가
법정에 출석해 증언하고 형사재판 1심 판결이 선고되는
날, 나는 가해자가 유죄 실형 선고를 받고 법정구속이
될 것이라 자신했다. 그것으로 피해자의 고통이 멈춰질
것이라 기대했다. 그런데 무죄 선고가 되었다. 기가
막혔다. 피해자도 고통스러워했다. 불기소되었다가 항고가
받아들여져 수사 재기 후 기소된 사건이라 혹시 검찰이

항소하지 않으면 어쩌나 걱정했다. 검사에게 피해자의
항소 의사를 전달했다. 다행히 검찰에서 항소해 주었다.
다시 한번 법원의 판단을 받을 기회를 얻었다.

1심 무죄판결의 주요 근거는 '사고 발생 당시 가해자의
운전면허가 없었던 점, 병역의무 면제자라는 점,
정관수술은 사건 발생 한참 후라는 점' 등이었다. 그런
객관적 사정에 비추어 볼 때 피해자 진술은 신빙성이
없다는 것이었다. 피해자는 자신의 진술을 판사가
믿을 수 없다고 판단한 것에 절망했다. 항소심에서는
피해자 진술의 신빙성을 다시 판단 받는 것이 절실했다.
고등검찰청 공판검사에게 연락하여 면담요청을
했다. 검사도 기록을 본 상태였는데 1심 판결에 대해
안타까워했다. 검사를 직접 찾아가 항소심에서 피해자를
다시 법정 증인으로 불러 달라고 요청했다. 그리고 피해자
진술의 신빙성을 검증할 전문가 의견조회를 재판부에
신청해 달라고 했다.
    성폭력 사건이 발생했던 당일 피해자는 엄마와
단둘이 집에 있다가 피해자 집을 방문한 사촌오빠를
따라나섰다. 그런데 재판 중 가해자는 사건 당일 피해자의
집을 방문한 사실 자체를 부정했다. 엄마에게 그 당시
가해자의 방문 사실을 기억하는지 물어보면 좋았으련만

피해자는 수사 과정에서도 1심 재판 과정에서도 엄마에게 피해 사실을 말하지 않았다. 피해자는 지병을 앓고 계신 어머니가 이 사실을 알게 되면 충격받아 돌아가실지도 모른다고 염려했다. 그날 가해자와의 외출을 허락한 엄마가 자책감에 극단적 선택을 할지도 모른다는 두려움도 가지고 있었다. 피해자의 그런 의사는 존중되어야만 했기에 나 또한 엄마한테 한번 물어보는 게 좋겠다는 말을 하지 못했다. 1심 무죄판결이 나온 이후 피해자는 어려운 결심을 했다. 엄마에게 물어보겠다는 것이다.

엄마는 시기는 정확히 떠올리진 못했지만, 가해자가 집에 와서 피해자에게 먹을 것 사준다면서 데리고 나갔던 사실은 기억하신다고 했다. 나는 피해자에게 그 이야기를 듣고 어머님을 우리 사무실로 모시고 오라고 했다. 어머님을 직접 뵙고 그 당시 일들을 개방형으로 질문드렸다. 어머님은 가해자의 방문 날짜는 기억하지 못하셨다. 그런데 "제가 그때 다리에 금이 가 깁스를 하고 있었어요. 그래서 그 사람이 딸을 데리고 나갈 때 배웅도 하지 못했어요"라고 그 당시 상황을 전해주셨다.

다행스럽게도 어머님은 그때 다녔던 정형외과병원 이름을 알고 계셨다. 피해자가 병원에 전화해서 깁스한 시점을 확인하고자 했다. 안타깝게도 병원 진료기록이

20년 이상 보존되지 않는 관계로 병원에서는 어머님이
깁스한 기록을 갖고 있지 않았다. 그 대신 어머님의
다리뼈에 골절이 있었던 흔적은 엑스레이 촬영을 통해
확인되었다. 그에 대한 소견서를 받아서 법원에 제출했다.
어머님은 그 무렵 피해자의 큰아버지가 교통사고로
갑자기 돌아가셨는데 깁스를 풀지 않은 상태라
장례식에도 참석하지 못했다고 하셨다. 큰아버지 사망
일자도 가족관계등록부를 통해 확인했다. 피해 사건 이후
열흘 정도 지난 시점이었다. 해당 자료도 법원에 제출했다.
    그리고 피해자 어머니를 증인으로 신청해 달라고
검사에게 요청했다. 어머님은 무학이셨다. 글을 쓸 줄
모르셨고 읽을 줄도 모르셨다. 숫자, 시점 개념도 명확하지
않으셨다. 어머님의 그런 상황을 미리 검사에게 귀띔해
주었다. 항소심 법정에 어머님이 증인으로 출석하신 날을
잊지 못한다. 어머님은 한눈에 봐도 긴장한 모습이었다.
시골에서 노동 일을 하시며 사는 어머님께는 그날 만나야
하는 검사, 판사, 변호사, 법정 그 모든 것이 위압적으로
느껴졌을 것이다.
    공판검사는 자신의 질문을 바로 이해 못 하시는
어머님을 위해 증인석으로 와서 무릎을 꿇다시피 해서
어머님께 질문드렸다. 무학이셨지만 어머님 기억은
명료했다. '가해자가 집에 온 적이 몇 번 없다. 그래서

언제쯤 왔었는지 기억한다. 다리 깁스했을 때 가해자가 집에 왔다. 딸한테 뭐 사준다고 하면서 데리고 나갔다. 깁스하고 있어서 문밖으로 배웅도 나가지 못했었다. 그 무렵 피해자의 큰아버지가 갑자기 교통사고로 돌아가셨다. 깁스를 풀지 않은 상태라 장례식장에 가지 못했다.' 어머님의 증언은 그것으로 충분했다. 화려한 언변도 없었고, 시점, 숫자 개념도 없었지만 피고인 측 변호사의 교묘한 질문에도 당신이 기억하는 내용을 수식어 없이 말씀하셨다. 그 어떤 증언보다 명확했다.

항소심은 가해자에게 유죄판결을 내렸다. 그리고 법정구속되었다. 피해자는 항소심 선고기일에 직접 법정에 갔다. 곁에서 피해자를 응원해 주는 남편과 함께 법원에 가면서 내게 전화를 해 왔다. 그녀에게 "오늘 법정에서 수십 년 동안 마음속에 웅크리고 있는 열두 살 소녀와 헤어지시길 바라요"라고 말해 주었다. 판결선고가 난 후 피해자가 다시 전화를 했다. 유죄판결이라고 한다. 그리고 울먹이며 말했다 "이제는 덜 힘들게 살 수 있을 것 같아요."

한겨울 강남 모텔 찾기 대작전
—어떤 성폭력2

외국에서 유학 생활을 하고 부모님이 계신 한국으로 막
돌아온 젊은 여성이 있었다. 귀국 직후 부모님 소개로 어느
회사에 취업 면접을 보러 갔다. 면접 끝나고 회사 대표가
'어디 잠깐 가는데 같이 가자'고 해서 얼떨결에 함께 차를
타고 나갔다. 가해자는 볼일을 본 후 똑똑해 보여서 맘에
든다며 직원으로 채용하겠다고 약속했다. 취업 축하도
할 겸 술 한잔 사주겠다고 특급호텔 와인바로 데려갔다.
만취한 여성은 필름이 끊겼고, 깨어났을 때는 허름한 모텔
안이었다. 그로부터 몇 주 후 피해자는 성폭력으로 임신한
사실을 알게 되었다. '정신적 공황' 상태에 빠졌다. 그녀
나이 불과 이십 대 초반이었다.

피해자는 모텔에서 일어나 정신없는 와중에 대충
옷을 챙겨입고 집으로 왔다. 술에 취해 필름이 끊긴
상태에서 벌어진 일이라 어떻게 허름한 모텔에 가게 된
것인지조차 제대로 알 수 없었다. 경황없는 상태에서
도망치듯 집으로 오는 바람에 모텔 위치조차 기억하지
못했다. 고소할 생각도 못 한 채 집에서 끙끙 앓고만

있었다. 그러던 중 임신 사실을 알게 된 피해자는 더 이상 참을 수 없어 가해자를 고소했다. 가해자는 예상대로 합의하의 성관계라고 주장했다. 경찰은 피해자의 이야기를 귀담아듣지 않은 채 무혐의 의견으로 사건을 검찰에 보냈다. 검찰은 사건을 송치받자마자 기다렸다는 듯이 무혐의 처분을 내렸다.

사건이 검찰로 송치되기 직전 피해자 부모님이 우리 사무실에 상담을 왔다. "수사기관이 장난을 치는 것 같다"라고 하길래 왜 그리 생각하는지 묻자 "가해자 친형이 잘나가는 건설사 임원인데 담당 검사가 그 형이랑 고등학교 동문이다"고 했다. 내가 그 자리에서 "그런 의심은 하실 필요가 없다"라고 말했다. 그런데 송치된 지 일주일도 되지 않아 무혐의 처분하는 것을 보고 의뢰인들의 의심이 아주 근거 없는 것은 아니라는 생각이 들었다.

특급호텔 와인바에서 함께 술을 마셨는데 합의하에 성관계했다면 해당 호텔 객실을 이용하지 굳이 다른 곳으로 갈 이유가 없어 보였다. 하지만 경찰은 피해자가 특급호텔에서 와인을 마신 후 경사가 있는 인도를 걸어서 다른 모텔로 이동한 점에 비추어 볼 때 만취 상태로 보기 어렵다고 판단했다. 성폭력이 발생한 모텔 관련자에 대한 조사도 없이 검사가 사건을 송치받은 지 일주일도

되지 않아 무혐의 처분한 것은 명백한 '수사미진'이라고
주장했다.

항고한 이후 나는 피해자와 함께 성폭력 현장인
모텔을 찾아 나섰다. 일단 특급호텔 와인바를 방문했다.
호텔 CCTV 보존 기간을 확인했다. 3개월 단위로
덮어쓴다고 했다. 사건 발생한 지 이미 3개월이 지난
상태였다. 사건 초기에 수사기관이 CCTV 기록을
확보했다면 만취 상태라는 피해자 진술을 뒷받침하는
영상을 확인할 수 있었을 것이다. 안타깝게도 그런 증거는
없었다.

피해자와 그 특급호텔 주변에 있는 모텔들을 두
시간 넘게 찾아다녔다. 경사로가 있는 인도를 걸어간
것에 비추어 볼 때 취한 것으로 보이지는 않는다는 판단
때문에 특급호텔을 기점으로 그보다 언덕 위에 있는
모텔 밀집 지역을 일일이 찾아다니며 피해자의 기억과
맞춰보았다. 모텔 내부를 보여주는 곳도 있었고 그렇지
않은 곳도 있었다. 그날 날씨가 너무 추워서 몸이 꽁꽁 얼
지경이었다. 호텔 기준 반경을 더 넓혀서 찾아보았으나
피해자 기억과 일치하는 모텔을 찾을 수가 없었다.
이제 틀렸나보다 체념하며 피해자와 언덕길을 거의 다
내려왔을 때 왼편에 모텔 하나가 보였다. 70년대 영화에나
나올법한 허름한 건물이었다. 피해자가 그곳인 것 같다고

말했다.

　무작정 모텔 안으로 들어갔다. 카운터에 연세
많은 아주머니가 앉아 있었다. 경계심 가득한 눈으로
우리를 쳐다보았다. 몇 달 전 술에 만취해서 왔던
여성을 기억하는지 물었다. "그 많은 손님을 다 어떻게
기억하냐?"고 쏘아붙였다. 그 모텔은 엘리베이터가
없었다. 카운터 옆 계단은 무척 가팔랐다. 순간 내
머릿속에는 '이렇게 가파른 계단을 몸도 제대로
가누지 못하는 피해자가 스스로 걸어 올라가기는
어려웠겠다'라는 생각이 들었다. 재판에서 가해자 측이 그
점을 부각해 피해자가 만취 상태가 아니었다는 정황으로
강조할 것이 예상되었다.

항고한 사건은 수사미진 주장이 받아들여져
수사재기명령이 나왔다. 서울중앙지검에서 다시 추가
수사를 받을 수 있게 된 것이다. 일단 검사에게 현장검증을
요청했다. 현장에 가서 모텔을 직접 보면 맨정신으로는
피해자가 도저히 들어가지 않을 곳이라는 점에 공감해
줄 것 같았다. 우리에게 비협조적이었던 모텔 아주머니도
검사가 질문하면 성의껏 대답해 주지 않을까 기대했다.
　새로 사건을 배당받은 검사가 현장검증날짜를
잡았다. 나는 피해자와 함께 미리 모텔에서 기다리고

있었다. 잠시 후 검사와 검찰 수사관이 왔고 거의 동시에
가해자도 왔다. 피해자가 가해자를 보자마자 욕을 하면서
모텔 앞에 주차하지 못하도록 세워둔 플라스틱 의자를
가해자를 향해 냅다 걷어찼다. 피해자가 걷어찬 의자가
엉뚱하게 현장검증 나온 수사관 다리에 맞았다. "어이쿠,
저한테 왜 그러세요?"라며 당황해 했지만 피해자가 얼마나
화가 나 있는지 공감하는 듯한 목소리였다. 검사도 그
장면을 물끄러미 지켜보았다.
　　모텔 아주머니는 서울중앙지검 검사라고 하니까
우리만 갔을 때와는 달리 기억하는 내용을 공손하게 모두
털어놓았다. 두 사람이 함께 모텔에 왔고, 계산하고 계단
올라갈 때 술에 취해 제대로 움직이지 못하는 피해자를
가해자가 끌다시피 해서 데리고 올라갔다는 것이다. 한참
뒤 가해자가 피해자의 스타킹이 다 나갔으니 새것을 구해
달라고 아주머니에게 부탁했다는 진술도 했다. 피해자가
맨정신에 자발적으로 모텔에 온 게 아니라는 것을 짐작할
수 있었다. 그리고 검사가 현장에서 그런 정황을 확인했다.
현장검증 이후 검사는 기존 검찰 입장과 다른 판단을 했다.
대질조사를 하면서 검사가 가해자에게 혐의를 인정하지
않으면 구속할 수도 있다고 했다. 가해자는 그제야 범행을
인정했다. 그리고 피해자와 합의했다.
　　그때 우리가 그 모텔을 찾아내지 못했다면

합의하에 성관계했다는 가해자 주장을 뒤집지 못했을
것이다. 변호사를 하면서 사건 현장에 가서 확인하고
관련자들에게 탐문을 하는 경우가 정말 많았다. 사건
당시 피해자 이동 동선대로 실제 차로 운전하면서 시간을
측정해 상대방 주장에 오류가 없는지 검증한 적도 여러
번이다. 그 모든 일이 젊어서 가능했던 것 같기도 하다.
사건은 끝날 때까지는 끝난 것이 아니다. 사건은 살아
움직이는 생물과 같다.

두 발로 찾아낸 진실
—A대 교수 성폭력 사건

피해자는 앞날이 창창한 서울 모 대학 대학원생이었다.
지도교수가 자신의 연구실에서 제자를 성폭행했고, 여러
제자들과 함께 간 노래방 회식 자리에서도 성추행했다.
견디기 힘들었지만 전공자가 많지 않았던 주제를
연구하던 피해자였기에 그 대학에 가해자 말고 논문
지도해 줄 교수가 없었다. 피해자로서는 얼른 학위 받고
가해자로부터 벗어나는 길밖에 없다는 생각으로 참을
수밖에 없었다. 그런데 교수의 요구는 점차 심해졌다.
더 이상 참기 어려워진 피해자가 교수의 성폭력과
추행을 거부하기 시작했다. 그러자 교수가 수업시간에
노골적으로 피해자를 괴롭히고 시시때때로 모욕을
주었다.
　　이러다가는 가해자에 대한 분노, 모욕감 때문에
인생이 망가질 수도 있겠다는 불안을 느낀 피해자는
결국 어머니에게 모든 사실을 털어놓았다. 어머니의
도움으로 형사고소를 했는데 사건이 제대로 진행되지
않았다. 결국 사건 진행 중간단계에서 어머니 요청으로

우리 사무실에서 피해자를 구조하게 되었다. 이 사건은
현장검증의 중요성을 다시 한번 일깨워주었다. 검찰은
최초 고소사건에 대해 무혐의 처분을 했다. 그 즉시 항고
했고 피해자와 어머님이 고검 부장검사를 직접 면담하고
억울함을 호소했다. 이 사건도 항고가 받아들여졌고
수사재기명령이 나왔다.

수사가 재기된 이후 검사에게 현장검증을 요청했다.
검사가 고심 끝에 현장검증 요청을 받아들였다. 2008년
4월경이었다. 개인 사정을 잠시 얘기하자면 그 당시
나는 세쌍둥이 임신으로 복수腹水가 차서 배가 복어처럼
빵빵했다. 그런 몸을 이끌고 현장검증을 갔다. 교수
연구실뿐 아니라 실험실에서도 성폭행이 있었는데
가해자는 그런 사실 자체를 부인했다. 가해자 측은
성폭행이 있었다면 피해자가 소리를 질렀을 테고
그랬으면 실험실 옆방에 있는 동료들이 들을 수밖에 없는
구조이니 실제로 옆 방에서 그 소리가 들리는지 직접
실험해 달라는 요청을 검사에게 했다.

나는 그 자리에서 이의를 제기했다. 그런 실험은 필요
없다고 말했다. 왜냐하면 실험실에서 성폭력을 당할 때
피해자는 소리를 지르지 않았으니깐. 피해자는 옆방에
있는 대학원생들이 듣게 되면 성폭력 피해자라는 소문이
날까 봐 소리를 지르지 못했다. 앞서 언급했던 가해자

중심주의를 떠올려보면 이해가 될 것이다. 다시 반복하면 피해자는 소리를 지를 권리는 있지만 의무는 없다. 성폭력 상황에서 소리를 지르지 않았다고 해서 피해가 바로 부정되어서는 안 된다. 피해자가 저항하지 못했다는 사실 자체가 아니라 저항하지 못한 이유, 가해 상황에 대해 어떤 두려움을 가졌는지를 확인하는 것이 더 중요하다.

성폭력이 이루어졌던 교수 연구실에서도 현장검증을 했다. 가해자는 자신의 연구실 책상 구조를 보여주면서 거기서는 성관계가 불가능하다고 주장했다. 현장검증에 참여했던 피해자는 사건 당시의 책상 구조와 달라졌다고 했다. 가해자가 고소당한 이후 연구실 책상 구조를 바꾸어 버린 것이다. 책상 위치가 바뀌었다고 지적하자 가해자가 기다렸다는 듯이 청소 아주머니를 불렀다. 아주머니 대답은 좀 애매했다. 청소 아주머니가 교수와 학생 중 누구 편을 들어 줄 것 같은가. 그 아주머니를 탓할 수는 없다. 아주머니는 그 학교에서 계속 일을 해야 하는 분이다. 그분에게 직간접적으로 영향력을 행사할 수 있는 사람은 학생인 피해자가 아니라 교수인 가해자다. 그것이 권력이고 곧 위력이다.

위력관계하에 놓여있을 경우 참고인 진술만을 신뢰하기보다는 피해자가 주장하는 내용을 객관적으로 따져보는 것이 중요하다. 이번 사건의 경우라면 피해자가 주장한 방안 배치가 그 공간 안에서 가능한지, 가해자가 그 후 책상 위치를 바꾸는 것이 물리적으로 환경적으로 가능한지, 피해자가 기억하는 배치 구조하에서는 그러한 피해가 발생할 수 있는지를 다각적으로 확인하는 것이 병행되어야 한다. 당시 현장검증에서는 검사가 이런 방식으로 조사를 해 주었다.

대학 인근 노래방에서도 추행이 있었다. 그곳으로 다 같이 현장검증을 갔다. 가게에 도착해서 보니 이미 가해자의 부인이 와 있었다. 뭔가 찜찜했다. 사건이 있었던 노래방 ○호실 안으로 들어갔다. 어두컴컴한 공간 안에서 피해자가 추행 당시 상황을 구체적으로 설명했다. 피해자는 노래방 안에서 교수가 추행할 때 소파 위치상 다른 학생들이 그 모습을 볼 수 없는 위치였다고 했다. 우리가 방문한 ○호실은 소파 위치로 봤을 때 그런 일이 있었다면 일행인 다른 학생들이 볼 수밖에 없는 구조였다.
　　피해자가 "어, 이상하다"라고 말했다. 교수 연구실은 피해자가 자주 출입했던 곳이기 때문에 책상 위치가 바뀐 것을 금방 알아차릴 수 있었다. 하지만 노래방은 술 취한 상태에서 갔던 곳이기도 하고 자주 오고 가던 데도 아니라서 피해자는 기억 속 소파 위치와 현장검증 할 때 위치가 다른 것에 혼란스러워했다. 이미 교수

연구실에서 책상 위치가 바뀐 정황을 목격했기에 노래방
주인에게 혹시 소파 위치를 최근에 바꾼 것인지 물었다.
'아니다'라고 했다.

검사가 노래방 주인에게 ○호실 전등을 켜보라고
했다. 어두컴컴했던 방안이 환해졌고, 타일 바닥이 뭔가
좀 이상했다. 사람들이 자주 드나들다 보면 바닥 코팅이
벗겨져 반질반질했던 빛이 사라진다. 소파 놓인 아래쪽
바닥은 발길이 닿지 않아서 광택이 그대로 유지된다.
타일 색깔도 노출된 곳과 달리 선명한 것이 일반적이다.
불을 켜고 보니 사람들이 밟아서 때가 타고 거칠해졌어야
할 타일이 반짝반짝 선명하기만 했다. 바로 피해자가
기억하는, 소파가 있었던 자리였다. 사건 발생 이후 소파
위치가 바꿨다는 것을 객관적으로 확인할 수 있었다.
무슨 이유로 누구의 요청으로 소파 위치가 바뀐 것인지
짐작하는 게 어렵지 않았다. 나뿐 아니라 검사도 같은
생각을 했을 것이다.

현장검증 와중에 피해자는 다른 날에 있었던
노래방에서의 또 다른 추행에 대해서도 이야기했다. 당시
노래방 내실 문은 반투명 창문 형태라서 밖에서는 방
안쪽을 뚜렷하게 볼 수 없는 구조였던 것으로 기억하고
있었다. 그런데 현장검증할 때 보니 창문이 모두 투명
유리문이었다. 안에서 추행을 하면 밖에서도 훤히 보이는

구조였다. 피해자가 창문이 바뀐 것 같다고 했다. 노래방 사장은 문을 교체한 적이 없단다. 피해자는 똑똑히 기억한다고 다시 강조했다. 그 자리에서는 확인하지 못했지만, 형사재판 과정에서 진실이 밝혀졌다. 관할 소방서에 추행 시점 무렵 해당 노래방 소방시설 점검 나왔을 때의 실내문 형태에 대해 조회를 신청했다. 회신 결과 노래방 문이 교체된 사실을 확인할 수 있었다.

피해자는 성폭력 피해를 입는 과정에서 가해자로부터 물리적으로 폭행을 당하거나 협박을 받은 적은 없었다. 당초 검찰은 물리적 폭행 및 협박이 없었다는 점 때문에 충분히 조사하지 않고 무혐의 처분을 했던 것이다. 그러나 현장검증을 통해 실제 피해가 발생했던 장소들을 직접 확인한 후 검찰은 가해자를 기소했고, 유죄판결과 함께 가해자는 실형 선고를 받고 법정 구속되었다.

가해자들이 사실을 감추기 위해 증거를 조작하고 주변 사람들을 매수하더라도 진실의 그물망은 촘촘하게 연결되어 있어서 힘껏 노력하면 진실은 자기 자리를 찾아간다. 가해자 주변 사람들이 작성해 준 사실확인서를 그대로 믿지 않고 현장검증을 통해 사실관계를 확인해 준 검사, 끝까지 용기를 잃지 않은 피해자, 곁에서 딸을 위해 애써주신 피해자 어머니, 그리고 세쌍둥이 임신으로 복어

같은 배를 하고 동분서주했던 변호사의 노력이 하나로
모여 진실을 규명할 수 있었다.

이 사건은 한편 커다란 상처도 남겼다. 재판이 열릴
때마다 학생들이 법정에 방청을 하러 왔었다. 피해자를
응원하기 위해서가 아니다. 가해자를 응원하기 위해서 온
것이다. 그때는 그 학생들이 야속하고 한심해 보였다. 지금
돌이켜보면 그 학생들 또한 교수와의 위력관계로 인해
부득이 법정에 왔을 수도 있겠다는 생각이 든다. 형사재판
과정에서 피해자와 친하게 어울렸던 동기, 선후배들이
가해자를 위해 탄원서를 작성해 법원에 제출했다.
선후배들의 그런 행동이 피해자에게는 큰 상처가 되었을
것이다. 가해자를 응원하는 친구, 선후배를 보면서
피해자는 '내가 다시 학교로 돌아가기는 어렵겠구나'
절망을 했을 것 같다.

이 사건을 통해서도 피해자에 대한 공감, 연대의
중요성을 다시 한번 깨닫게 된다. 왜 직장 내 성폭력이나
위력 성폭력이 발생했을 때, 피해자가 즉각 용기 내 피해
사실을 드러내지 못할까? 피해자임이 확인되고 가해자가
기소되어도 동료들은 피해자가 아니라 가해자의 편에
서는 경우를 너무도 많이 봐 왔기 때문이다. 가해자
한 명 처벌받아도 권력자와 연결된 위력의 그물망이
여전히 피해자를 옥죄어 그 조직에서 더 이상 일할 수

없도록 만들기 때문이다. 가해자가 사라져도 그와 친했던 상사들이 피해자를 향해 여전히 위력의 그물망을 치고 있는 것이다. 위력 성폭력 피해자는 처음에는 가해자 한 명에 대한 모욕감 그리고 분노로 힘든 싸움을 시작한다. 사건이 진행되면서는 가해자 편에 서는 사람들로 인해 가해자뿐 아니라 동료, 상사, 조직, 사회에 실망하고 좌절하게 된다. 어쩌면 피해자가 설 자리를 뺏는 사람은 가해자가 아닌 그와 동시대를 사는 우리들이 아닐지.

제때 도착하지 못한 사과
— 의대생 성추행 사건

우리 사회는 성폭력 사건 피해자와 가해자의 신분이나
소속에 따라 그 반향이 확연히 다르게 나타난다. 이
사건은 피해자와 가해자가 모두 유명 사립대학 의대생
신분이었다. 그 때문에 확실히 더 큰 파장이 일었던 것
같다. 언론을 통해서도 크게 보도된 사건이기도 했다.

　명문대 의대생들이 그런 범행을 저질렀다는 사실을
사람들은 충격적으로 받아들이는 듯했다. 솔직히 성폭력
사건 가해자가 정해져 있는 것은 아니더라. 피해자를
지원하다 보면 가해자가 대학교수, 목사, 국회의원, 유명
연예인, 대기업 직원, 고위 공무원, 의사 등 사회적으로
번듯한 사람들이 수두룩하다는 것을 쉽게 확인하게 된다.
그러니 나로서는 명문대 의대생이 어쩌다가?라는 생각은
들지 않았다. 그저 동급생 친구들한테 성추행 피해를
입은 피해자가 어떤 마음으로 공부를 계속할 수 있을까
염려하면서 기사를 보았을 뿐이다.

　구체적으로 이 사건은 2011년 5월 의대생들이 함께
여행 간 동기 의대생을 성추행한 사건이었다. 피해자는

추행 피해 다음날 대학 내 양성평등센터를 찾아 신고했고, 경찰신고와 동시에 언론에 보도되었다. 대부분 사람들은 명문대 의대생이 동기를 추행했다는 사실에 격분했다. '이런 학생이 나중에 의사가 되면 어떻게 믿고 진료를 맡길 수 있겠냐'며 당장 그 학생들을 제적 조치하라는 주장도 나왔다.

한참 관련 언론 보도들이 쏟아질 무렵 서울대학병원 해바라기센터로부터 연락을 받았다. 의대생 피해자 지원요청이었다. 쉽지 않은 다툼이 되리라 짐작되었지만 기사를 보면서 염려했던 피해자를 도울 기회였기에 곧바로 수락했다. 언론에서 집중 조명 중인 사건이라서 피해자가 무척 혼란스러운 상태일 거라 예상했다. 엄마와 함께 사무실을 방문한 피해자는 생각보다는 차분한 모습이었다. 상담을 통해 특수강제추행 피해임을 확인할 수 있었다. 피해자는 너무 친한 동기들이라서 믿고 함께 여행 간 것인데 상상도 못 했던 성추행을 당해 어떻게 해야 할지 잘 모르겠다는 말을 했다. 잠을 잘 수 없어서 상담치료를 받고 있었고, 급성 스트레스 장애 진단도 받은 상태였다.

당시 함께 상담을 오신 피해자 어머님 말씀이 지금도 기억난다. 어머님은 가해 학생들을 잘 안다고 하셨다. 딸과 친하게 지냈던 아이들이라고. 어렵게 공부해서 의대생이 되었는데 이런 범죄를 저지른 게 믿어지지 않는다고 했다. 자식 키우는 입장이다 보니 그 아이들 장래가 걱정된다며 울먹이셨다. "딸이 너무 힘들어하니 걔들이 찾아와서 용서를 빌면 좋겠다. 걔들도 아직 학생이라 언젠가 졸업을 해야 할 테니 딸이 학교 다니는 동안만 걔들이 학교 다니지 못하게 해 주면 좋겠다"라고도 하셨다. 딸의 추행 피해로 충격이 크실 텐데 가해자들 처지까지 염려하시는 모습에 이런 게 부모 마음인가 보다는 생각이 들기도 했다.

어머님은 "가해자들이 잘못을 인정하고 딸에게 용서를 빌면 걔들도 누군가의 귀한 자식인데 선처해 주고 싶다"라는 말씀도 덧붙이셨다. 사건 발생 초기 피해자 측은 그런 마음을 가지고 있었는데 안타깝게도 이 사건은 가해자들이 제대로 사과하지 않은 채 무죄 주장을 하고, 심지어 2차 가해 행위를 지속적으로 하는 바람에 선처는커녕 엄벌이 불가피한 상황까지 치닫고 말았다.

사건 초기 해당 대학은 가해 학생들에 대한 징계 조치에 미온적이었다. 이에 피해자가 라디오 생방송 인터뷰를 통해 그런 상황에 대한 심경을 드러냈다.〈손석희의 출발 새아침〉이라는 시사 방송 프로였다. 피해자가 육성으로 사건 이후 겪은 정신적 고통을 직접 밝혔다. 방송 직후 국민적 여론에 등 떠밀려 해당 대학은 가해 학생들을 곧장 출교처분했다. 라디오

인터뷰를 하기로 결정한 이후 피해자는 자신의 목소리가
전국에 생방송되는 것에 불안해했다. 여러모로 걱정되는
마음에 그 당시 피해자를 정신적으로 도와주시던
신부님과 내가 인터뷰 내내 피해자 곁을 지켰다. 생각했던
것보다 피해자가 차분하게 인터뷰했고, 육성 인터뷰의
사회적 반향도 예상외로 컸다.

이 사건은 가해자 측에 의한 2차 가해가 상당했다.
가해자 측에서 재판에 유리한 자료를 만들기 위해
학생들을 대상으로 평소 피해자의 품행, 성격 등에 대한
문항을 만들어 설문조사를 했다. 그 사실이 소문을 통해
피해자 귀에까지 들어갔다. 피해자에 대한 허위 내용의
명예훼손성 소문들이 떠돌아다니기도 했다. 그리고 그런
소문이 기사화되었다. 가해자 측의 일방적 주장을 담은
기사들이 나오기도 했다. 심각한 2차 가해들이었다. 이를
제지하기 위해 해당 언론사에 전화하여 삭제 요청을 하면
그럴 수는 없고 반론을 하면 실어 주겠다는 식이었다.
가해자들에 대해 1심 유죄판결이 선고된 이후였는데도
법원을 통해 인정된 사실관계와 다른 내용이 걸러지지
않은 채 기사화되고 있었던 것이다. 이런 일련의 일들이
힘든 피해자를 더욱 지치게 만들었다.
　　이 사건뿐 아니라 성폭력 사건이 발생한 이후

피해자들은 2차 가해 행위를 하는 사람들과의 싸움으로 전선이 확대되는 바람에 정신적 고통이 배가되는 경우들이 많다. 위력 성폭력 사건에서 가해자와 위력의 그물망으로 연결되어 있는 사람들, 권력자의 성폭력 사건에서 그를 추종하는 지지자들에 의한 2차 가해들이 대표적이다. 1열에 선 사람이 물러나면 2열에 선 사람이 나타나 피해자를 공격하고 2열에 섰던 사람이 처벌받고 나면 3열이 또 나타난다. 두더지 게임과도 같다. 그들이 원하는 것은 피해자가 지쳐 나가떨어지는 것이다. 모욕감, 분노, 실망감으로 극단적 선택을 하도록 하여 가해자의 잘못을 영구봉인하려는 것이기도 하다. 결국 이 사건 피해자는 심각한 2차 가해 행위에 대해 명예훼손으로 고소했다. 가해자의 부모 중 한 명은 1심에서 유죄판결이 나고 법정구속이 되기도 했다. 2차 가해에 대해 법정구속을 한 의미 있는 사례였다.

가해자에 대한 유죄판결이 확정된 이후 가해 학생들의 부모님들이 우리 사무실에 온 적이 있다. 그분들에게 처음 피해자가 상담 왔을 때 어떤 심경이었고 피해자 어머님은 또 어떤 마음이셨는지 전해 드렸다. 내 이야기를 들은 후 가해자 부모님 중 한 분이 진즉에 와서 용서를 구할 것 그랬다며 후회하셨다. 가해자들이 피해자한테 조금 더 일찍 사과했더라면 어땠을까? 가해

행위로 인해 피해자가 어떤 고통을 겪게 되었는지 조금 더 일찍 깨닫고 반성하는 모습을 보였다면 어땠을까? 가해자들이 피해자의 심정을 헤아리고 2차 피해 방지를 위해 조금만 더 배려했더라면 어땠을까?

이런 가정들이 소용없는 일인 줄 알지만 만약 사건 발생 직후에 피해자를 찾아와 진심으로 사과하고 용서를 빌었다면 가해 학생들이 출교를 당하는 일은 막을 수도 있었을 것 같다. 자기들의 앞날을 지키기 위해 피해자를 벼랑 끝으로 몰아넣는 행위를 했기 때문에 결국은 자기들의 인생이 더 어려워지는 상황이 되었다. 그 자리는 내게도 마음 아픈 자리였다. 나도 부모라서 자식 잘못으로 상대방 변호사 사무실을 찾아와야 하는 그분들 심정을 모르는 바 아니었다.

나는 사과의 힘을 믿는다. 제대로 된 사과는 상대방에게 제대로 전달된다고 생각한다. 안타깝게도 가해자들 중에는 선택적 사과를 하는 사람들이 많다. 잘못한 행위에 대해 책임지기 위해 사과하는 것이 아니라 책임을 면하기 위해 사과한다. '네가 고소하지 않는다면 사과할게.' 이런 식이다.

요즘에는 현존하는 피해자에게 직접 사과하지 않고 자신의 SNS를 통해 피해자에게 사과한다고 말하는 경우도 왕왕 보게 된다. 기이하다. 사과 퍼포먼스일 뿐이고 먹지

못할 썩은 사과다. 피해자에 대한 기만이다. 사과는 형식,
내용이 중요하지만 타이밍도 중요하다. 사과는 자신의
이익이 아니라 피해자의 회복을 목적에 두어야 빛을
발휘할 수 있다.

더 사랑하기에 더 많이 포기하는
—프랑스 엄마의 딸 찾기

이혼소송 중 프랑스에서 엄마와 생활하던 어린 딸을
아빠가 면접교섭을 위해 한국으로 데려온 후 엄마에게
돌려보내지 않았다. 프랑스 형사법원에서 한국인
아빠에게 징역형 선고를 내렸다. 한국 가정법원에서도
프랑스인 엄마에게 아이를 돌려보내라고 판결했다.
판결대로 집행되었다면 아이는 벌써 엄마에게 돌아갔을
텐데 가사소송법, 민사집행법의 허점들로 아이는
유아인도 1심 판결이 난 지 3년이 지나서야 프랑스로
돌아갈 수 있었다.

　아동이 한국으로 탈취되었을 당시 우리나라와 유럽
모두 헤이그아동탈취협약에 가입한 상태였다. 하지만
프랑스와는 개별적인 협약 서명이 되어 있지 않아 그에
근거하여 아이 송환 절차를 밟을 수 없었다. 1심에서
유아인도 결정이 난 이후 가집행신청을 했다. 2년여 동안
소송하여 판사가 유아인도 결정을 내렸는데 집행관들이
겨우 5분 정도 아이의 이야기를 들어본 후 집행 불능
선언을 해 버렸다. 프랑스인 엄마는 소송이 진행되는 동안

여덟 차례 이상 한국을 찾았다. 한국 체류 비용이라도
아껴 주고 싶어서 방문 중 몇 차례는 우리 집에서 묵도록
했었다.

　　처음 강제집행하던 날, 아이를 데리고 있는 한국인
가족들은 법원 집행관 요청에도 불구하고 문을 열어주지
않았다. 결국 집행관이 경찰관 입회하에 강제로 문을 따고
아이 아빠 집으로 들어갔다. 거실에서 할머니와 함께 있던
아이가 그 누구도 질문하지 않았는데 "나는 프랑스로 안
갈 거예요"라고 말했다. 집행관은 아이가 싫다고 하면
강제로 인도할 수는 없다고 했다.

　　한국에 온 이후 몇 년 동안 할머니, 할아버지, 아빠와
살았기 때문에 아이는 자기를 돌봐주는 이들이 원하는
대로 말할 수밖에 없지 않았을까. 아이가 원하는 바를
정확히 알려면 아빠 쪽 가족들이 없는 상태에서 아이
의사를 확인해야 했다. 집행관에게 가족들을 배제하고
아이만 방으로 데려가 아이 생각을 물어봐 달라고
요청했다. 집행관과 함께 아이만 데리고 그 집 작은 방으로
들어가는데, 아이 할아버지가 불공평하다며 자신도
방에 들어오겠다고 했다. 형평원칙상 그쪽 사람도 한 명
정도는 함께 해야 한다는 것이 집행관 판단이었다. 어쩔
수 없었다. 아이는 방에 들어가서도 '프랑스로 가지 않을
거다'라는 말을 앵무새처럼 반복했다. 열린 문밖에서

아이의 할머니가 '잘했다'면서 손뼉을 쳤다.

아이에게 "엄마, 아빠 모두 너를 사랑하는데 판사님이 네가 엄마랑 프랑스로 가서 살아도 좋다고 하셨다. 네가 엄마랑 가겠다고 하면 여기 오신 경찰 아저씨들이랑 선생님들이 도와주실 거다"라고 상황을 설명해 주었다. 그럼에도 아이는 '프랑스로 가지 않겠다'고 했다. 조용히 아이에게 "그게 네 마음속에 있는 생각이니?"라고 물어보았다. 그러자 아이가 "아빠가 그렇게 말하라고 했어요"라는 말을 불쑥 꺼냈다. "제가 프랑스 가면 아빠가 죽잖아요"라는 말도 덧붙였다. 집행관에게 아이가 함께 생활하는 분들의 영향을 많이 받은 것 같으니 그대로 집행해 달라고 요청했다. 집행관은 아이가 싫다는 의사를 표시했기 때문에 더 이상 집행할 수 없다며 현장에서 철수하겠다고 했다.

유아인도 강제집행의 문제점을 보여주는 대표적인 사례다. 이런 문제를 방지하려면 가사소송법에 유아인도 강제집행을 따로 규정해야 한다. 아동이 함께 생활하는 사람들 눈치를 보지 않고 자기 의사를 밝힐 수 있도록 강제집행할 때 기존 주거지가 아닌 제3의 장소로 아동을 데려가 전문가가 아동의 진의를 확인해야 한다. 또한 아동이 스스로 의사를 자유롭게 표현할 수 있는 연령 기준을 정해서 일정 연령 이하의 아동은 법원 판결에 따라

직접강제가 가능하도록 법에 규정을 명문화할 필요가
있다.

유아인도 판결이 확정되었지만 아빠는 아이를 돌려주지
않았다. 법원에서 아이를 인도할 때까지 위반행위 1일당
100만 원을 지급하라는 간접강제결정을 내렸지만
아빠는 지키지 않았다. 엄청난 금액의 간접강제금이
부과되었지만 이 또한 허점이 있다. 아빠 명의 재산이 없는
경우 간접강제금을 집행하기 어렵다. 아이를 인도하지
않는 것에 대해 과태료 부과신청을 했지만 이 또한 상대방
명의 재산이 없으면 무용지물이다. 이행명령신청을 할 수
있고 이를 지키지 않으면 일시적으로 유치장에 가두는
감치 재판을 할 수 있는데 그렇게 해도 아이 인도를 강제할
수는 없다. 프랑스 엄마는 한국법이 정하고 있는 대로 이
모든 소송을 다 했지만 상대방은 항고, 재항고로 시간을
끌고 확정이 되어도 지키지 않았다. 내가 이 소송을 하면서
프랑스 엄마에게서 가장 많이 들었던 하소연이 "로이어
킴(lawyer Kim), 한국법은 왜 이런 건가요?"라는 것이었다.
　　한국인 아빠에 대해 미성년자 약취유인으로
고소했으나 검사 무혐의 처분이 나왔다. 항고했는데
수차례 고등검찰청 검사가 추가 수사를 했음에도 다시
항고 기각을 했다. 절박한 마음으로 재정신청을 했고

받아들여져 강제기소가 되었다. 1심에서 유죄판결이
선고되었고 대법원 판결로 최종 유죄 확정이 되었다.
부작위에 의한 미성년자 약취유인죄를 인정한 최초의
대법원 판례였다. 기소단계 이후 검찰의 노력도
상당했지만 애초 무혐의, 항고 기각의 소극적 태도를
취했던 검찰 입장을 생각해 보면 유죄판결을 이끌어내는
데 우리 사무실의 역할이 절대적이었다. 고등법원에서
형사 항소심이 진행되던 중 판사가 아이를 엄마에게
돌려보내지 않으면 선처가 어렵다고 했고, 유죄판결이
확정될 경우 직장을 잃게 될지 모른다는 판단 때문인지
아이 아빠가 아동을 탈취한 지 5년여 만에 아이를
돌려주겠다고 했다.

　　프랑스인 엄마는 이번에도 아이를 돌려주지 않으면
어떻게 하냐며, 아이를 돌려준다는 약속을 신뢰할
수 있을지, 나에게 메일로 묻고 또 물었다. 안 돌려줄
가능성도 있지만 돌려받을 가능성도 있으니 급히 입국해
달라고 요청했다. 엄마는 아이를 무사히 데려갈 수 있도록
내가 프랑스까지 동행해 주기를 원했다.

　　2015년에 시작한 소송인데 2019년 10월 15일 오후
3시 50분 수원가정법원 감치 사건 법정에서 아이를
돌려받았다. 그 즉시 아이를 데리고 공항으로 갔다.
가정법원으로 올 때만 해도 아이 얼굴은 어두웠고 엄마와

눈도 마주치려고 하지 않았다. 혹시 아이가 공항에서
울면서 다시 아빠한테 가겠다면 어떻게 해야 할까
걱정하기도 했다. 내 걱정은 기우였다. 아이는 금세 엄마랑
같이 밥도 맛있게 먹고, 엄마 무릎에 기대기도 하면서
웃고 재잘거렸다. 공항에서의 아이 모습을 보니 내가
프랑스까지 출장을 다녀오지 않아도 될 뻔했다는 생각이
들 정도였다. 비행기 안에서 엄마 무릎에 몸을 누이고 잠든
아이 모습이 아직도 눈에 선하다.

　　이 사건의 아이는 나의 세쌍둥이 아들들과
나이가 같다. 그래서 사건을 진행하며 엄마 마음에 더
공감했는지도 모른다. 한국인 아빠 사정을 생각하면 역시
안타깝다. 어린 딸과 함께 살고 싶은 마음이 커서 생긴
일이었으니깐. 이혼할 때 어린 자녀 문제로 치열하게
싸우는 경우들이 많다. 그럴 때일수록 감정을 내려놓으면
좋겠다. 그리고 법원의 판단을 존중해 주면 좋겠다. 덜
불행하기 위해 더 행복한 삶을 위해 이혼하는 것이지만
부부가 헤어지는 것이지 부모가 헤어지는 것은 아니다.
특히 미성년 자녀가 있을 때는 부모로서 함께 살 때보다
더 많이 소통하고 협력해야 하는 관계다. 엄마, 아빠가
이혼하게 되는 상황을 아이에게 설명하고 아이의 의사를
존중하는 것도 필요하다. 그러나 때로는 아이의 의사에도
불구하고 양육환경, 양육능력을 고려하여 법원이 합리적

결정을 해야 할 때도 있다.

반갑게도 지난 2022년 4월 말 법무부에서 가사소송법 개정안을 발표하면서 절차 보조인을 두는 방향으로 법을 개정하겠다고 예고했다. 바람직한 개정 방향이다. 이를 위해서는 절차 보조인이 아동의 심리상태 등을 파악할 수 있는 전문가여야 하며, 아동의 의사를 확인하는 절차가 효과적으로 설계되어야 한다. 절차 보조인이 있어도 아빠 또는 엄마가 있는 상태에서 아동 의사를 확인하는 것은 적절치 않다. 또한, 일회적으로 아동을 만나 아이의 의사를 확인하는 것 또한 바람직하지 않다. 제3의 안정적인 공간에서 정기적으로 아동을 만나 그 의사를 확인하고 한쪽 부모에게 영향받은 것은 아닌지 파악해야 한다. 그리고 절차 보조인이 아동을 통해 확인한 최종 의견은 재판부에 제출하되 부모에게는 그대로 공유되지 않아야 한다.

이 사건을 다루면서 프랑스 형법을 좀 들여다봤다. 프랑스 형법은 정당한 사유 없이 양육비를 지급하지 않으면 형사처벌한다. 아이를 면접교섭한 다음에 돌려보내지 않아도 범죄로 처벌한다. 아이를 직접 양육하는 사람이 이사한 경우 일정 기간 이내에 면접교섭권자에게 새 주소지를 알려주지 않아도 형사처벌한다. 그래서 프랑스에서는 이혼한 배우자들이 어린 자녀를 볼모로 감정적인 소모전을 벌일 가능성이 작다. 스스로 자신의 권익을 지킬 수 없는 어린 아동들을 보호하기 위해 국가가 적극 개입하고 있는 것이다.

우리나라는 '양육비 안 준다고 어떻게 부모를 처벌할 수 있나?', '이사한 주소 알려주지 않는다고 처벌하는 것은 과한 것 아닌가?', '자식을 사랑해서 안 돌려보낸 것인데 그런 것까지 처벌하는 것은 너무 한 것 아니냐?'는 반응도 꽤 많을 것 같다. 그러나 프랑스 형법 규정들은 의무 위반자를 형사처벌하는 것 자체가 목적이 아니다. 범죄로 처벌하는 규정을 둠으로써 그런 행위를 하지 못하도록 하여 미성년 자녀의 건강한 성장을 돕는 것을 목적으로 한다. 양육비 안주면 처벌하는데 그것을 감수하면서 양육비 지급을 미루는 사람은 많지 않을 것이다.

아이가 프랑스로 가기 약 1년 전 한국 가정법원으로부터 엄마가 한국에서 약 일주일 정도 아이를 면접교섭할 수 있다는 결정을 받은 적이 있었다. 이미 한국과 프랑스 가정법원으로부터 엄마가 단독 친권자로 확정되었고, 유아인도 결정이 되었음에도 법을 어기는 한국인 아빠에게 구걸하다시피 간청하여 면접교섭권을 확보한 것이다. 지금 생각해도 기막힌 과정이었다. 그렇게 어렵사리 아이와 만났는데 엄마와 생활한 지 하루도 지나지 않아 아빠한테 돌아가겠다고 울면서 애원했다. 나 또한 그 자리에 함께 있었다. 우리는 아이와 함께 여러 이야기를 나누었다. 엄마랑 바다 여행을 가고 싶다고 했는데 왜 마음이 바뀐 건지도 물어보았다. 아이가 갑자기 서럽게 울면서 "아빠가 엄마 때문에 감옥에 갈 수도 있다"라고 말했다. "아빠를 감옥에 가게 만든 엄마랑 같이 지낼 수는 없다"며 울음을 그치지 않았다. 나도 울고 엄마도 울었다.

아이 이야기를 다 들은 엄마가 그 자리에서 결단을 내렸다. 아이가 더 이상 고통받게 하고 싶지 않다고 했다. 엄마가 한국에서 계속 소송을 하면 아빠는 자신이 처벌받지 않기 위해 아이를 세뇌시킬 수밖에 없고 그 과정 자체가 아이에게는 너무 끔찍한 고통이 될 것 같다고 했다. 아이가 더 이상 힘들어 하지 않도록 엄마는 모든 소송을 멈추겠다고 했다. 아이의 상처가 깊어지지 않도록 하기 위해 자신의 정당한 권리를 포기하겠다는 것이야말로 아이 엄마이기 때문에 가능한 결정이었다.

그러고 나서 엄마는 우리 사무실에서 마지막으로 아이를 만났다. 엄마는 아이의 뜻을 존중하겠다고 했고, 대신 성인이 되면 꼭 다시 만나자고 했다. 그리고 아이가 태어났을 때부터 탈취되기 전까지 촬영했던 모든 동영상과 사진이 담겨 있는 아이패드를 아이에게

건네주었다. 절대 엄마를 잊지 말아 달라고 하면서. 그
상황 자체가 아이에게는 또 다른 슬픔이었을 것이다.
아이는 아이패드를 받아든 뒤 엄마 얼굴을 보지 않고
자신을 데리러 온 아빠와 함께 우리 사무실을 나갔다.
엄마랑 나랑 한참을 또 울었다.

　'솔로몬의 지혜' 이야기를 보면 서로 아이 엄마라고
주장하는 여인에게 솔로몬 왕이 그럼 아이를 반반 나눠
가지라고 하자 진짜 엄마가 자신이 포기할 테니 아이를
반으로 가르지 말아 달라고 한다. 나는 프랑스인 엄마가
법원이 인정한 면접교섭 일정을 포기한다는 말을 했을
때 '솔로몬의 지혜'에 나오는 이야기가 떠올랐다. 그녀는
엄마였던 것이다. 자식의 고통을 덜어주기 위해 자신의
고통을 감내하기로 결정한 엄마.

　그렇게 엄마는 모든 것을 단념한 채 한국을 떠났다.
그런데 아이러니하게도 아동약취유인사건 항소심
재판부에서 아이를 엄마에게 인도하지 않으면 엄중히
처벌할 수밖에 없다고 하는 바람에 아이가 엄마 품으로
돌아갈 수 있었다.

또 하나의 고통, 또 다른 피해자
—가해자의 가족

성폭력 사건 피해자 지원을 하다 보면 가해자는 구속된 상태에서 가해자 가족이나 부모가 합의를 위해 우리 사무실을 방문하는 경우가 간혹 있다. 가해자 가족 입장을 곰곰 헤아려 보는 기회였다는 점에서 기억에 남는 사건이 있다.

술에 취한 피해자가 지하철로 이동하던 중 일면식도 없던 가해자가 피해자를 여자 화장실로 데려가 성폭행하려 했다. 저항하자 처참할 정도로 구타하여 피해자의 얼굴뼈 등이 심하게 골절되었다. 이 사건 가해자는 범행을 부인하지는 않았다. 저항을 억압하는 과정에 너무 심각하게 피해자에게 상해를 가한 사건이기 때문에 부인할래야 부인할 수도 없었다. 다만 법정에서 자신의 아내가 임신 9개월이라면서 선처해 달라고 했다.

어느 날 가해자 아버지가 합의 문제와 관련해서 우리 사무실을 방문하고 싶다고 연락이 왔다. 피해자분께 그런 상황을 알려드리고 약속을 잡았다. 변호사가 가해자 가족을 만나는 일은 당연히 피해자에게 먼저 알려야 한다.

피해자가 그런 만남조차 원하지 않는다고 하면 가해자 측을 만날 필요가 없으니 미리 피해자 의사를 확인하는 절차다. 약속한 시간에 한 노인분이 상담실로 들어오셨다. 그 노인은 문을 열고 들어오자마자 그대로 서서 울기 시작하셨다. "부끄럽고 잘못했으니 자식 대신 용서를 빈다"고 하시면서 앉지도 않고 계속 우셨다. "피해자분이 너무 많이 다치셨는데 합의해 달라는 말이 염치가 없다"는 말씀도 하셨다. 만삭인 며느리 이야기도 하셨고, 당신이 살아온 이야기도 하시면서 연신 죄송하다고 하셨다.

연로하신 가해자 아버님이 눈물을 흘리며 용서를 구하는 모습에 나도 위로를 해드려야 할 것 같아서 "아버님이 잘못한 일은 아니신 것 같아요"라고 말씀드렸다. 그랬더니, "자식을 잘못 키웠다"라면서 계속 잘못했다고 하셨다. 나도 아이들을 키우지만 부모가 어떻게 자식을, 그것도 성인이 된 자식 행동에 일일이 책임질 수 있겠는가.

가해자 측 합의제안이 왔을 때 가장 먼저 확인하는 것은 범죄 사실에 대해 인정하는지 여부다. 범죄 사실을 인정하지 않은 상태에서의 형사합의라는 것은 그 말 자체가 모순이다. 합의를 하다 보면 가해자 측에서는 합의서에 '처벌을 원하지 않는다'는 문구를 넣어 달라고 요청할 때도 있는데 그 또한 거부하는 경우가 많다. 피해자들은 피해 배상을 받기 위해서는 다시금 변호사를

선임해서 민사소송을 해야 하는 것에 불편함을 느끼는
경우가 많다. 그런 이유에서 형사 단계에서 손해를
조금이나마 회복하기 위해 배상 의미로 합의하는 것이지,
가해자의 행위를 용서해서 합의하는 것은 아니다. 때문에
'선처를 구한다' 정도의 표현은 받아들이지만 '처벌을
원하지 않는다'는 표현은 포함해 줄 수 없다고 한다.

　　반의사 불벌죄의 경우는 '처벌을 원하지 않는다'라고
기재하면 가해자가 형사처벌 받지 않고 공소기각 결정을
받게 된다. 그러나 '선처를 구한다'라는 입장 정도만
밝혔을 때는 반의사 불벌죄라고 하더라도 공소기각
사유에 해당하지 않는다. 이런 이유로 합의서가 법원에
제출된 이후 법원 담당 재판부 판사가 연락을 주는 경우가
있다. 합의서가 제출되었는데 '처벌불원' 의사가 포함된
것인지 확인하는 것이다. "판사님이 합의서 제출 사정을
감안하셔서 선처해 달라는 의미이지 처벌을 원하지
않는다는 의사가 아니기 때문에 합의서에 '선처' 문구만
포함하고 '처벌불원' 의사는 표시하지 않은 것"이라고
설명드린다.

　　성폭력 가해자는 피해자에게만 상처를 주는 것이
아니다. 성폭력이 발생한 이후 피해자를 대리하는 우리
사무실을 찾아오는 사람은 대부분 가해자의 부모,
가해자의 아내, 가해자의 형제자매다. 그들은 죄지은

사람이 아니다. 그러나 한결같이 그들은 죄스러워한다.

한번은 가해자의 친척이라며 나이 많은 중년 여성이 사무실로 오셨다. 이야기를 듣다 보니 가해자의 장모님이셨다. 고통스러워하는 딸이 안쓰럽고 잘못한 사위도 원망스러운데 마음고생하고 있는 사위가 죽겠다는 말을 해서 너무 걱정된다고 하셨다. 가해자는 성폭력 범죄로 가족들을 고통스럽게 한 것으로도 모자라 죽겠다는 말로 가족들에게 또 다른 고통을 주고 있었다. 어떤 면에서는 가해자의 가족들도 상처받는 피해자로 여겨진다.

가해자 측 변호인과 합의 이야기를 하는 것은 불편하지 않은데 가해자 가족들을 만나는 것은 힘든 일이다. 피해자 대리인이지만 내 앞에 앉아 날것의 슬픔을 토해내는 사람을 위로 없이 바라보기는 참 어렵다. 그러나 그 절차 또한 피해자를 위해 이어 나갈 수밖에 없다. 그리고 혹여 피해자에 대해 가족들이 오해하는 부분이 있으면 이를 바로 잡아주는 것도 피해자 변호사의 몫이다. 그리고 가족들이 잘 모르고 있지만 피해자가 성폭력 피해 이후 눈에 드러나지는 않게 어떤 고통을 겪고 있고, 피해자의 일상이 얼마나 침해된 상태인지도 설명해 준다. 피해자가 멀쩡하다고 생각하는 그들에게 그렇지 않다는 것을 알려주는 것 또한 나의 역할이다.

4장 마음의 문이 열려야
진실의 문이 열린다

증거가 제 힘을 발휘하려면
—수사관님들께1

추석 명절을 맞아 친척집을 방문했던 여성이 갑자기
하복부통을 일으켰다. 부인과 질환이 있던 사람이였다.
명절 연휴라 문을 연 병원이 많지 않았다. 간신히 문을 연
병원을 찾았고 산부인과 검사를 받았다. 남편은 진료실
밖에 있었고 공휴일이라 간호사가 없었는지 남자 의사
혼자 진료를 했다.

진료 중에 여성은 성기가 삽입되는 느낌을 받았고
그 즉시 '지금 뭐 하는 거냐'라며 소리를 질렀다. 남편이
그 소리를 듣고 놀라서 들어왔다. 의사는 얼굴이 벌개져
있었다. 부인에게 피해 내용을 들은 남편이 바로 경찰에
신고했다. 남편은 경찰이 올 때까지 가해자가 진료실을
나가지 못하도록 했고, 출동한 경찰한테 가해자에게서
바로 증거를 채취해 달라고 요청했다.

경찰은 피해자 진술을 토대로 가해자 성기
부분에서 유전자 검출을 위한 증거채취를 하여
국립과학수사연구원(이하 국과수)으로 보냈다. 그
채취물을 분석한 결과 피해자 유전자가 검출되었다.

의사인 가해자 성기에서 피해자 유전자가 채취될 이유는
없다. 가해자는 기소되었다. 그는 법정에서 혐의를
부인했다. "진료할 때 의료용 장갑을 끼지 않고 맨손으로
내진을 했다. 그 과정에서 피해자 유전자가 자신의 손에
묻은 것이다. 경찰이 증거채취할 때 자신이 직접 손으로
성기 부위를 잡는 바람에 손에 묻어 있던 유전자가
성기에 묻어 국과수 검사 결과에 영향을 미친 것"이라고
주장했다. 그리고 '진료 당시 부인과 진료대의 벌어진
각도에 비추어 볼 때 그 사이로 가해자가 몸을 들이밀어
성기 삽입을 하기는 어렵다'고 반박했다.

　　1심에서 무죄가 나왔다. 피해자가 항소심에서 우리
사무실을 찾아왔다. 항소심을 맡은 이후 아는 대학병원
산부인과 교수에게 부탁해서 직접 부인과 진료대에
누워서 실험까지 해 보았다. 보통의 부인과 진료대를
기준으로 했을 때 몸의 방향을 조절하거나 하면 성기
삽입이 구조적으로 불가능하지는 않았다. 재판부에서
해당 병원으로 현장검증을 가서 그런 행위가 가능한지
재연 확인하기도 했다. 항소심 결과도 1심과 마찬가지로
중요 증거가 오염되어 그대로 믿기 어렵다는 취지로
무죄판결이 내려졌다.

　　항소심 재판에서는 피해자가 평소 앓고 있는 부인과
질환이 있었는지를 확인하기 위해 피해자가 평소 다니던

산부인과 병원을 상대로 사실 조회를 요청했다. 법원에서 해당 병원에 보낸 사실 조회서에는 '사건명: 강간'으로 되어 있었다. 그곳은 피해자가 사는 동네에 있는 작은 병원이고 피해자가 거기서 아이를 출산했을 정도로 서로 잘 아는 사이였다. 그런데 법원으로부터 '강간 사건 관련하여 ○○○이 이 병원에서 진료받은 시점, 진료받은 내용에 관한 자료를 법원으로 보내달라'는 요청서를 받았으니 그녀가 강간사건 피해자라는 것을 쉽게 짐작할 수 있게 돼버렸다. 아니나 다를까 병원 관계자로부터 그 이야기를 전해 들은 피해자가 충격을 받고 내게 고통을 호소했다. 성폭력 피해를 사람들에게 알리고 싶지 않았는데, 다니던 병원에까지 알려져서 너무 불편하고 고통스럽다고.

우리 법률은 성폭력 피해자가 가명 조사를 받을 수 있도록 배려하고 있다. 피해자를 특정할 수 있는 개인 정보를 누설하지 못하도록 하는 규정도 두고 있다. 피해자를 두텁게 보호하려는 조치들이다. 그렇다면 법원도 성폭력 사건에 대해 외부 기관에 사실 조회 등을 하는 경우에 사건명을 기재하지 않는 방식 등으로 의뢰대상자가 성폭력 피해자라는 것이 드러나지 않도록 배려했어야 한다. 지금이라도 법원행정처에서는 이런 부분을 보완하는 제도적 장치를 마련해 주면 좋겠다. 이

글을 쓰면서 혹시나 싶어 성폭력 사건을 담당하는 동기 판사한테 연락해 보았는데 아직 그런 조치는 제도화되지 않았나 보다. 안타깝다.

가해자에 대한 무죄판결이 확정된 이후, 경찰이 증거채취 과정에서 가해자가 자신의 성기를 손으로 잡고 있도록 하는 실수를 하는 바람에 증거가 오염되었다고 법원이 판단한 이상, 경찰을 상대로 국가배상청구를 해야 할지 고민이 되었다. 피해자는 오랜 재판으로 이미 어지간히 지쳐 있는 상태였다. 경찰이 부주의하기는 했으나 고의에 의한 행위가 아니고 중과실로 판단해 줄지도 미지수였다. 그렇다 보니 적극적으로 소송을 해 보자는 제안을 할 수도 없었다. 그렇게 사건을 마무리하고 피해자분께 사건은 싹 잊어버리시고 건강하게 사시면 좋겠다는 말씀을 드렸다.

그런데 이 사건 피해자는 가해자에 대해 무죄판결이 확정된 지 몇 년 지나지 않아 극단적 선택으로 삶을 마감하였다. 피해자 남편분이 전화로 그 사실을 알려주셨다. 마음이 아팠고 슬펐다. 얼마나 고통스러우셨으면 아직 돌봐주어야 할 아이들이 있는데 그런 선택을 했을까. 가해자는 이 사실을 알고 있을까? 자신이 비겁하게 범행을 숨긴 대가로 피해자가 고통을 못 이겨 자살한 사실을 알고 있을까?

수사관의 증거 수집 능력이 왜 중요한지 보여주는
또 다른 사건이 있었다. 지적 장애인이 성폭력을 당한
사건이다. 그녀는 한강 근처를 산책하는 것을 좋아했다. 늘
혼자 산책하는 모습을 지켜본 가해자가 피해자에게 말을
걸었다. 아주 친절하게. 그리고 피해자에게 참 이쁘다는
말을 자주 해 주었다. 피해자는 딱히 소통하는 친구가
없었다. 누군가로부터 칭찬을 들어본 적도 거의 없었다.
어느 날 산책길에 만난 아저씨가 이쁘다고 하고 친절하게
말을 걸어주고 관심을 보이자 가해자를 신뢰하게 되었다.
가해자는 자기 집을 소개해주고 싶다며 피해자를 집으로
초대했다. 그리고 그곳에서 몇 차례 성폭력이 있었다.
가해자는 피해자에게 아무한테도 말하지 말라는 당부를
잊지 않았다.

피해자의 행동을 이상하게 여긴 가족들을 통해 피해
사실이 드러났다. 경찰 고소를 했고, 피해자는 가해자 집
방안 구조에 대해 기억하는 내용을 진술했다. 가해자 집은
반지하라고 했다. 방안에는 아주 큰 유리 거울이 있고,
텔레비전은 아주 작고, 방에 침대는 없고, 이불이 방안에
잔뜩 쌓여 있었다고 했다. 실제 그 공간을 가보지 않았다면
말할 수 없는 세세한 진술들이었다.

경찰에 출석한 가해자는 피해자를 자신의 집으로
데려간 사실 자체가 없다고 부인했다. 피해자 주장을

검증하려면 피해자가 가해자 집 방 구조를 세세하게
묘사한 내용을 실제 가해자 집 방 구조와 비교해보면
된다. 수사관은 부인하는 가해자에게 "피해자가 방안에서
큰 거울을 보았다는데 방에 큰 거울 있는 거 맞냐?, 작은
텔레비전이 있다고 하는데 그런 텔레비전이 있냐?" 이런
식으로 질문을 했다. 가해자는 아니라면서 계속해서
범행 사실을 부인했다. 며칠 뒤 수사관이 가해자 집을
직접 방문했는데 방안에는 거울 자체가 없었다고 한다.
나는 피의자가 조사받고 돌아간 뒤에 자기 방 거울을
버렸을 것이라는 합리적 의심을 했다. 피해자 진술이
있었던 직후 수사관이 현장에 바로 가서 피의자 방 구조를
확인했더라면 사건의 결과는 달라졌을 것이다.

예전에 미국 뉴욕주 경찰이 서울지방경찰청에 와서
자신들의 성폭력 사건 수사 기법을 들려준 적이 있다.
'미국은 성폭력 신고를 받으면 피해자 심리상태가 바로
진술을 할 수 있는지부터 먼저 확인한다. 심리적 충격
등으로 진술 조사를 하는 게 어렵다고 판단되면 일단
피해자가 의사나 심리상담사를 통해 심리적 안정을
취하도록 한다. 수사관은 피해자가 이들 전문가들에게
털어놓은 피해 사실에 대한 주요 정보를 토대로 가해자로
지목된 사람의 알리바이를 검증하고, 피해 발생 장소에

대한 현장조사에 미리 착수한다. 의사로부터 피해자가
심리적으로 안정되었다는 의견을 듣게 되면 그때 비로소
피해자를 불러 피해 내용에 대해 진술하도록 한다. 그 전에
이미 수사를 통해 확인한 객관적 증거 등을 토대로 피해자
진술의 신빙성 여부를 판단한다'는 것이다.

그런데 우리는 거꾸로다. 피해자가 신고하면,
수사관이 피해자 진술을 들은 다음에 피의자를 불러서
'피해자가 이렇게 얘기하는데, 맞냐 아니냐'를 확인하면서
가해자에게 피해자가 얘기한 정보가 노출되는 경우가
많다. 요즘은 고소장이 접수된 이후 가해자 측이 정보공개
청구를 해서 피해자가 어떤 내용으로 고소했는지 미리
확인하는 경우가 빈번하다. 그 때문에 고소장에는 상세한
정보를 담지 않고 추가 의견서를 통해 중요 증거 등을
설명하는 경우도 있다.

지금 같은 수사 방식은 가해자에게 증거를 인멸할
기회를 주는 것이다. 적어도 피해자 조사 이후 가해자가
피해자를 만난 사실을 부인하거나 피해자가 자신의 집을
방문한 사실 자체를 부인하는 경우 피해자를 통해 미리
확인한 내용 중 특이사항이 있다면 압수수색영장 등을
발부받아 범행 현장을 확인해야 한다. 특히 그런 경우
피해자를 통해 먼저 확인한 가해자 집안 구조 등에 대한
정보를 현장에 가서 직접 확인하기 전에는 가해자에게

노출하는 질문은 하지 않아야 한다.

모든 수사관은 성폭력을 증명할 수 있는 객관적 증거를 원한다. 그때 '바로 여기 있다'라며 내놓을 수 있는 증거가 존재한다면 얼마나 좋겠는가. 안타깝게도 성폭력 사건에 있어서 그런 객관적 증거는 애당초 존재하기 어렵다. 객관적 증거가 없다는 이유로 무혐의, 무죄판단을 한다면 단둘이 있을 때의 강간은 죄로 처벌할 수 없을 것이다.

소리 지르면 죽인다는 위협 때문에 스스로 옷을 벗고 가해자의 성관계 요구에 응하는 것은 협박에 의한 강간죄다. 그런데 단둘이 있는 방안에서 있었던 일이다. 한밤중 외딴 공간에서 발생한 사건이다. 죽이겠다는 협박은 어떤 객관적 증거를 남기는가? 성인 여성이기 때문에 처녀막 파열 같은 현상조차 없었다. 성기 삽입을 했다는 것을 증명할 수 있는 어떤 객관적 증거가 있는가? 아마 사건 발생 직후 고소했다면 유전자채취를 통해 가해자의 DNA 확보가 가능했을 것이다. 그러나 피해자는 성적 모멸감 때문에 몇 주가 지나도록 누구에게도 피해를 털어놓지조차 못했다. 이런 경우 객관적 증거 확보가 사실상 불가능하다. 그렇다면 이런 사안은 범죄가 아닌 것인가? 아무도 이 질문에 그렇다고 동의하지는 않을 것이다. 협박에 의한 강간죄다. 그렇다면 이 범죄를 수사관은 어떻게 증명해 낼 것인가?

수사관 역량에 따라 충분히 혐의 입증이 가능하다. 피해자가 마음의 문을 열고 기억의 문을 열도록 도와야 한다. 수사관이 어떤 태도로 첫 말문을 떼는지에 따라 피해자는 용기를 내어 범행 당시 상황을 하나하나 기억해 낼 수도 있고 그 반대일 수도 있다. 가해자의 옷, 가해자의 몸집, 가해자 신체 중 특이한 사항, 가해자에게서 난 냄새, 성폭력 발생 당시 방에 텔레비전이 켜져 있었는지에 대한 기억, 혹시 어떤 방송이었는지에 대한 기억 등등 성폭력 발생 시점을 특정할 수 있는 정보는 수사관 역량에 따라 무궁무진해질 수 있다.

가령 가해자 몸에서 고기 기름 냄새가 많이 났다는 피해자 진술을 확보했다고 하자. 사건 발생 1시간 전 가해자가 인근 삼겹살집에서 저녁을 먹고 일행과 헤어졌다는 정보가 결합한다면, 가해자가 술 취한 상태에서 일행과 헤어져 동네 외딴집에서 혼자 사는 피해자 집을 방문했을 가능성을 갖고 수사 범위를 좁힐 수도 있는 것이다. 수사관의 전문 역량과 질문 태도에 따라 성폭력 사건은 증거들이 있는데도 무혐의로 끝날 수도 있고, 객관적 증거가 부족한 상황을 뚫고 중형 선고가 내려질 수도 있다. 결국 수사관의 역량이 성패를 가르는 것이다.

'존중과 공감'이라는 수사기법
─수사관님들께2

늘 공부하고 노력하는 수사관들에겐 변호사로서 기꺼이
감사와 경의를 표한다. 그러나 수사관의 기본적인 역량
부족으로 피해자가 겪지 않아도 될 고통까지 겪는
경우들이 있었다. 이십 대 여성이 알던 남성 두 명을
만나 술을 마시다가 발생한 성폭력 사건이다. 피해자는
만취했고 정신을 차리고 보니 모텔 안이었다. 둘 중 한
명으로부터 성폭행 당한 장면이 어렴풋이 기억났다.
피해자는 즉시 그 남성을 가해자로 신고했다. 그 자리에
함께 있었던 또 다른 남성이 피해자를 위로해주었고
피해자는 그에게 자신의 힘든 심경을 이야기하고
의지했다.

　　수사가 진행되던 중 피해자는 임신 사실을 알게
되었다. 그날의 성폭력으로 임신이 되어버린 것이다.
피해자는 곧바로 담당 수사관에게 '임신중절 수술을
받고 싶다'라고 했다. 그러자 수사관이 태아 유전자를
채취해 가해자의 DNA와 일치하는지 확인해야 하니 당장
임신중절 수술을 하면 안 되고 몇 개월 정도는 임신 상태를

유지해야 한다고 한 모양이다. 피해자는 수사관의 말을
듣고 절망했다. 몇 달 동안 성폭력 가해자의 아이를 자신의
몸속에서 자라게 해야 한다는 것이 너무나 고통스러웠다.

임신 몇 개월이 지난 후 피해자는 임신중절
수술을 받았고, 낙태아의 유전자를 채취해 국과수에
의뢰했다. 놀랍게도 해당 유전자는 피해자가 성폭행
장면을 기억했던 남성의 DNA가 아니었다. 피해자를
위로해주었던 남성의 것과 일치했다. 실제로는 함께 술을
마셨던 남성 두 명 모두 피해자를 성폭행했던 것이다.
그리고 가해자 중 한 명은 그 사실을 숨기고 피해자를
위로하는 기만 행위를 했던 것이다.

피해자는 국과수 검사 결과를 확인한 이후 우리
사무실로 상담을 왔다. 사건이 발생한 지 몇 개월 지난 후
임신중절 수술을 한 것이 의아해서 왜 그랬는지 물어봤다.
DNA를 확보해야 하니 몇 달만 기다려 달라는 수사관 요청
때문이라고 했다. 내가 아는 의학 상식과 달랐다. 곧장
아는 산부인과 교수님께 전화해서 확인했다. 임신 상태가
확인되면 그 즉시 '태아의 유전자 확인'은 가능하다고
하셨다. 물론 나도 그렇게 알고 있었다. 그런데 담당
수사관은 그 사실을 몰랐다. 그 결과 피해자는 성폭력으로
인한 임신을 몇 달 동안 유지했던 것이다. 수사관이 제대로
설명했더라면 겪지 않아도 될 고통이었다.

수사관이 전능한 지식인일 수는 없다. 변호사도 모든 법에 만능인 것은 아니다. 잘 모르는 부분에 대해서는 전문가들을 활용해야 한다. 수사하면서 산부인과 의사한테 한 번만 문의해 보았어도 그런 어처구니없는 실수는 하지 않았을 것이다. 수사관의 역량이 중요하다. 그런데 그 역량이라는 것은 얼마나 많은 지식을 머릿속에 저장하고 있는가가 아니다. 매 사건을 접할 때 잘 모르는 부분은 찾아보고 의견을 구하는 것. 그것이 곧 수사관의 역량이다.

수사 기법, 전문 지식뿐 아니라 피해자에 대한 공감 능력도 수사관의 중요한 역량 중 하나다. 중학생 피해자가 친부를 성폭력으로 고소한 사건이 있었다. 어렸을 때 부모님이 이혼했고 아빠와 살던 초등학생 시절에 여러 차례 성폭력 피해를 입었다. 중학생 무렵 엄마와 살게 된 피해자가 비로소 어렸을 적 피해 사실을 털어놓았다. 형사고소를 했고 불구속 상태에서 수사가 진행되었다.

피해자가 학생이었기 때문에 일요일에 피해자 진술 조사를 진행했다. 담당 수사관 질문에 피해자가 기억을 끄집어내 진술을 하다 보니 속도감 있게 조사가 진행되지 못했다. 조사 중간중간에 수사관이 피해자에게 빨리 말해 달라고 재촉했다. "수사관님, 무슨 바쁜 일

있으신가요?"라고 내가 물었다. "빨리 끝내고 가서 마라톤
연습을 해야 해서요"라고 말했다.

친아빠로부터 성폭력 피해를 당한 여중생이다. 그런
여중생이 처음 만나는 수사관 아저씨한테 그 불편한
이야기들을 육하원칙에 맞게 털어놓아야 한다. 얼마나
힘들고 불편한 과정이겠는가. 그런 피해자 앞에서
수사관이 마라톤 연습 가야 하니 빨리 진술하라고 한
것이다. 그 수사관에게 어떤 악의도 없었을 것이다.
그러나 피해자는 그 말을 듣고 자신을 '존중받지 못하고
있는 존재'라고 여겼을 것이다. '피해에 대해 공감받지
못하고 있다'라는 생각도 했을 것이다. 내 존재를 존중하지
않는 수사관, 내 피해에 공감하지 않는 수사관 앞에서
피해자가 오래전에 있었던 성폭력의 기억을 찬찬히
끄집어내서 세밀하게 진술하는 것을 기대하기는 어렵다.
수사관들에게 이 말은 꼭 해드리고 싶다.

"당신 앞에 서 있는 피해자는 인생 처음 만나는 낯선
사람 앞에서 발가벗은 채로 서 있습니다. 당신의 공감이
발가벗은 피해자에게 외투가 될 수도 있고, 발가벗은
살갗을 찌르는 송곳이 될 수도 있습니다. 당신의 따뜻한
말 한마디가 피해자의 닫힌 기억의 문을 열리게 합니다.
피해자는 사건 발생 당시 그 장소에 있었던 목격자이기도

합니다. 그 기억의 문이 열려야 당신이 발견하고자 하는 진실의 조각들을 찾아낼 수 있습니다."

그간 수많은 성폭력 사건을 대리하면서 피해자 진술의 맥락을 분석하고, 이를 뒷받침할 수 있는 정황증거를 찾아내고, 그렇게 확보한 증거들을 씨줄 날줄로 엮어서 피해자 진술의 신빙성을 겨우 인정받을 수 있었다. 경험을 통해 얻은 전문성만큼 강한 것은 없다. 성폭력 사건은 연일 발생하고 있다. 성폭력 사건을 전담하는 '여성청소년수사과'가 있다. 검찰에는 '여성아동조사부'가 있다. 법원에도 '성폭력전담 재판부'가 있다. 전담 수사팀, 전담 검사, 전담 판사가 있어서 다행이다.

그러나 아쉬운 점도 있다. 여성청소년수사과의 수사관들이 일반 형사팀, 경제팀, 생활질서팀, 교통팀 등으로 계속 순환 배치된다. 성폭력 전담 검사도 일정 기간이 지나면 형사부로 배치되어 다른 사건들을 수사한다. 전담 재판부 판사도 마찬가지다. 성폭력 '전담'이라는 말이 무색한 면이 있다. 순환보직의 한계로 인해 성폭력 사건에 대한 전문성을 쌓는 데 한계가 있을 수밖에 없다. 희망컨대 성폭력 전담 수사관은 본인 선택에 따라 어느 경찰서로 배치되든 성폭력 전담을 할 수 있는 시스템이 갖추어지면 좋겠다. 검사, 판사도 마찬가지다.

성폭력 사건은 대부분 직접적이고 객관적인 물증, 사건을 목격한 증인 등이 없기 때문에 피해자 진술 및 그 진술을 뒷받침하는 정황증거 등을 최대한 확보해야 하는 사건이다. 또한 성인지 감수성을 가지고 판단해야 하기 때문에 그 어떤 형사사건 분야보다도 많은 경험을 통해 축적된 노하우가 필요하다. 노련한 전문성을 갖기 위해서 관련 사건을 지속적으로 처리하는 것만큼 효과적인 방법은 없다. 이름만 전문성을 가질 것이 아니라 실질도 전문성을 갖추면 좋겠다.

깔때기 아래 쌓이는 진실들
―수사관님들께3

지적 장애가 심한 여성이 피해자인 사건을 맡은 적이
있었다. 피해자는 숫자 개념 자체가 없었다. 이를테면
'3하고 5하고 어느 게 더 많지?' 이렇게 물어보면 '3이 더
많다'라고 답하는 수준이었다. 지적 능력을 높게 잡아도
초등학교 1학년 정도로밖에는 보이지 않았다. 그런
상황이다 보니 가해자의 성적 요구가 어떤 의미인지
제대로 파악하지 못한 채 피해를 입게 된 것이다.

어머니가 매일 일을 나가셨기 때문에 피해자는 버스
기사 일을 하는 옆집 아저씨 집에 가서 텔레비전도 보면서
놀다 오곤 했다. 지적 장애 때문에 집에서만 지내야 하는
딸을 예뻐해 주고 이것저것 챙겨주는 옆집 아저씨가
고마웠던 어머니는 옆집 아저씨 생일에 ○○○ 브랜드
티셔츠를 선물해 주기도 했다.

어느 날 어머니는 딸이 성관계를 의미하는 말을 하는
게 이상했다. 딸에게 꼬치꼬치 물어본 결과 옆집 아저씨가
딸을 성폭행했다는 사실을 알게 되었다. 성관계가 어떤
것인지 제대로 알지 못하는 중학생 나이 정도인 딸이

엄마한테 "옆집 아저씨랑 고추 짝짓기 놀이를 했다.
아저씨가 고추에 하얀 풍선을 씌웠다"라는 성적 행위를
암시하는 말을 내뱉은 것이다.

어머니는 상담소에 상담 요청을 했고 나는 상담소의
부탁으로 피해자를 만나 직접 상담하게 되었다. 피해자는
어머니에게 했던 말을 나에게도 똑같이 했다. 지적 장애로
횟수 개념은 없었지만 어느 무렵 어디에서 그런 일이
있었는지 피해자는 기억하고 있었다. "언니 결혼식 날
버스 안에서, 엄마가 선물해 준 ○○○ 옷 입고 약수터
앞 아저씨 차 안에서, 아저씨 집에서 텔레비전 보다가"
등으로 기억하는 내용을 구체적으로 진술했다. 어머니에게
'○○○ 티셔츠 선물'에 대해서 물으니 시점이 특정됐다.
역시 어머님께 피해자 언니 결혼식 날짜를 묻고 특정하는
식으로 옆집 아저씨의 범행 날짜를 확인해 나갔다.

그러곤 고소장을 작성해 접수했다. 경찰이 피해자
조사를 한 이후 가해자에게 연락을 했던 모양이다.
가해자는 경찰로부터 연락받은 직후 피해자 어머니에게
전화하여 만나달라고 했다. 엄마는 전화 통화를 마친
후 나에게 어떻게 하면 좋을지 물으셨다. '거부하지
말고 만나서 대화 내용을 녹음해 두라'고 조언했다.
가해자가 피해자 어머니를 찾아와 무릎 꿇고 사과하면서
잘못했다고, 용서해 달라고 사정했다. 그 내용은

녹음되었다.

피해자 어머니는 용서해 줄 수 없다고 했다. 그리고 형사 절차가 진행되었다. 아니나 다를까 가해자는 수사 과정에서 범행을 부인했다. 기소된 이후에도 범행 사실을 부인했다. 결국 피해자가 법정에 증인으로 출석해야 하는 상황이 되었다. 담당 검사는 지적 장애가 심한 피해자가 법정에서 증언을 잘할 수 있을지 걱정했다. 그래서 내가 검사에게 "피해자분이 똑똑합니다. 걱정 안 하셔도 돼요"라고 말했더니 "이 사건 피해자는 똑똑하면 안 되는 것 아닌가요?"라고 검사가 반문했던 기억이 지금도 남아 있다. "그런 의미가 아니구요. 피해자가 자신이 경험한 내용은 사진 찍은 듯이 기억하고 있습니다"라고 재차 말했다.

법정에 들어가기 전에 피해자에게 설명해 주었다. "오늘 법원에 가는 것은 판사님한테 ○○이가 무슨 피해를 입었는지 알려주기 위한 거예요. 판사님은 사건이 있었던 자리에 없었잖아요. 그래서 판사님이 ○○이 이야기를 듣고 싶으시대요. 옆집 아저씨도 변호사가 있어요. 그런데 그 변호사는 옆집 아저씨 이야기만 들어서 진실이 뭔지 알지 못해요. 혹시 아저씨 변호사가 기분 나쁜 질문하더라도 놀라지 말아요. 천천히 ○○이가 알고 있는 진실을 그 변호사님께도 알려주면 되는 거예요.

○○이는 똑똑하니까 잘 설명해 줄 수 있지요? 판사님이랑
변호사님도 모르는 내용을 ○○이가 알고 있는 거잖아요.
다들 ○○이 이야기 들으려고 기다리고 있어요"라며
겁먹지 않고 법정에 들어갈 수 있도록 동기 부여를 해주는
걸 잊지 않았다.

　피해자는 지금까지 성폭력에 대해 '옆집 아저씨와
고추 짝짓기 놀이를 했다'라는 표현을 사용했다. 그런데
법정에서 '옆집 아저씨한테 강간을 당했다'라고 말하는
게 아닌가. 피해자 증언을 듣던 판사가 몸을 내밀면서
피해자에게 "증인, 강간이 뭔지 알고 있나요?"라고
물었다. 피해자가 "강간이 뭔지 몰라요"라고 답했다. 다시
판사가 "그런데 왜 강간당했다고 말했나요?"라고 다시
물었다. 피해자는 "엄마가 법원에 가면 그렇게 말하라고
했어요"라고 답했다.

　가해자가 범행을 부인하면서 피해자 엄마가 지적 능력
떨어지는 딸을 이용해서 자신한테 돈을 뜯어내려고 모함한
것이라고 주장하는 사건이었다. 그런데 피해자가 법정에서
'강간당했다고 말하라'고 엄마가 시켰다고 한 것이다. 얼핏
들으면 가해자의 주장에 부합하는 피해자의 증언처럼
들린다.

　증인 신문을 마친 후 어머니께 직접 확인한 내막은
이러했다. 어머니는 성폭력 당한 딸이 '고추 짝짓기 놀이를

했다'라고 표현하는 것이 너무 듣기 싫었다고 한다. 그래서
피해자인 딸에게 '그렇게 말하지 말고 강간당했다'라고
말하라고 시켰던 것이다. 피해자가 법정에서 한 증언은
맞는 것이다. 다만 없었던 강간을 있었던 것처럼 말하라고
시킨 게 아니라 '고추 짝짓기 놀이'라는 표현 대신
'강간'이라는 표현을 사용하라고 했을 뿐이다.

　　이런 경우를 '진술 오염'이라고 말한다. 피해자가
자신의 경험, 자신의 기억을 자신의 언어로 자연스럽게
표현하는 것을 '자연 진술'이라고 한다. 이런 자연 진술은
그 자체로 큰 힘을 가지고 있다. 피해자에게 '이렇게
저렇게 진술하라'고 조언하는 것은 그 자체로 '오염'이 될
수 있다. 피해자 가족들이 특히 주의해야 하는 부분이다.
보통 상담 단계에서 보호자에게 사건 이야기를 가급적
피해자에게 하지 말라는 이유도 '진술 오염' 가능성을 막기
위해서다.

　　가해자가 계속 부인하기에 사건 초기에 녹음된
녹취록을 수사기관에 제출한 상태였다. 법원에서는 '그
와중에 어떻게 녹취까지 할 수 있냐?'면서 어머니의
의도를 의심하는 것 같았다. 나는 '그 당시 변호사인 내가
녹음하라고 했다. 녹음 내용을 들어보면 가해자가 피해자
가족들에게 잘못했다고 말하는 내용이 담겨 있다'라는
녹음 경위 관련 확인서를 작성해서 제출하기도 했다.

가해자는 결국 유죄판결을 받고 죗값을 치렀다.

이 사건은 지적 장애인들에 대한 면담자의 태도가
어떠해야 하는지, 내게 새삼 가르쳐주었다. 지적
장애인들이 자신 없어 하는 것은 숫자나 횟수 같은
것들이지, 실제 사건이 발생했을 때의 정황이나 피해
내용에 대해서는 기억을 잘 하는 경우가 많다. 지적
장애인 혹은 어린 아동을 대상으로 질문할 때는 그들이
자신 있어 하는 것부터 '깔때기 방식'으로 질문하는 것이
좋다. 피해자들이 제일 자신 없어 하는 부분부터 물어보면
위축되어 말하기를 포기하는 경우가 많기 때문이다.

"무슨 일로 왔어?"
"아저씨가 괴롭혀서 왔어."
"아저씨? 무슨 아저씨?"
"옆집 아저씨요."
"아저씨가 어떻게 괴롭혔을까?"
"고추 짝짓기 놀이를 하자고 했어요."
"고추 짝짓기 놀이는 어떻게 하는 거야?"
"아저씨랑 나랑 옷 벗고 하는 놀이야."
"고추 짝짓기 놀이는 어디서 했어?"
"아저씨 집에서요."

"아저씨 집 말고 다른 곳에서도 짝짓기 놀이했어?"

"수락산 약수터 앞에서요."

"약수터 앞이면 사람들 많이 있지 않았을까?"

"약수터 앞에 차 세우고 아저씨 차 안에서요."

"아저씨 차 안에 앞자리도 있고 뒷자리도 있는데."

"아저씨가 뒤로 오라고 해서 제가 아저씨 옆에
앉아서."

"그때 아저씨는 반팔 옷 입었어? 긴팔 옷 입었어?"

"음, 엄마가 사준 ○○○ 티셔츠 입었어요."

"그런 일이 또 있었어?"

"네 있었어요. 언니 결혼식 갔다 올 때 버스 안에서."

이때 피해자에게 '엄마가 언제 아저씨한테 ○○○ 티셔츠
사줬어?', '언니 결혼식이 언제였어?'라고 물어볼 필요는
없다. 시기를 물으면 지적 장애인들은 제대로 기억하지
못한다는 것에 스스로 주눅 들어 알고 있는 내용도 제대로
말하지 못하게 되기 때문이다. ○○○ 티셔츠를 언제
사줬는지, 왜 사줬는지는 엄마한테 별도로 물어보면
충분하다. 언니 결혼식 날짜도 마찬가지다. 피해자 가족을
통해 확인할 수 있는 내용들을 피해자에게 물어 진을 뺄
필요는 없다.

이런 질문 방식이 수사관의 역량이고 변호사의

역할이다. 문답 조사는 섬세한 작업이어야 한다. 따라서 피해자가 자신 있어 하는 것부터 질문하고 답하도록 하고, 중간에 똑똑하다고 자신감을 심어주는 것도 좋다. 법정에 갈 때도 피해자에게 판사님이랑 변호사 아저씨가 피해자에게 질문하는 것은 똑똑한 피해자가 알려주기를 원하기 때문이라고 설명해 주는 것도 좋다.

"이 사건에 대해서 누가 제일 잘 알까?"
"○○이 제일 잘 알아."
"그래 ○○이 제일 잘 알아, 판사님은 이 내용을 알아 몰라?"
"판사님은 모를 것 같아요."
"옆집 아저씨도 변호사가 있대, 아줌마처럼. 아줌마는 ○○이가 잘 설명해줘서 알고 있는데 옆집 아저씨를 도와주는 변호사한테는 ○○이가 설명해 준 적이 없지? 그러면 옆집 아저씨 변호사는 ○○한테 어떤 일이 있었는지 잘 알고 있을까?"
"잘 모를 것 같아요."
"왜?"
"내가 알려주지 않았으니까."
"그래, 그러면 판사님한테 가서 ○○이가 설명을 좀 해주면 어떨까? 판사님한테 설명해 주러 가는 거야.

○○이가 판사님보다 더 많이 알기 때문에. 그런데
판사님이 거기서 ○○이 편 들어주면 될까 안 될까?”
“몰라요.”
“판사님은 공정하게 심판해야 하는데, ○○편만
들어주면 옆집 아저씨가 판사님한테 뭐라고 할
수도 있어. 판사님은 속으로는 ○○이를 도와주고
싶은데, 겉으로는 아닌 척하고 질문할 거야. 판사님이
궁금해서 물어보는 거니까 ○○이가 기억하는 것만
알려드리면 돼.”

피해자의 눈높이에 맞춰서 이렇게 이야기를 나누면,
한결 심리적으로 안정된 상태에서 법정에 들어가고 증인
신문을 할 때도 덜 당황하고 차분히 진술할 수 있다.
법원에 갈 때뿐 아니라 조사를 받으러 갈 때도 마찬가지다.

눈물을 저울에 올려야 한다면
—검사님, 판사님들께1

수많은 성폭력 사건을 대리했는데 같은 사건은 단 한
건도 없었다. 각양각색의 사건과 맞닥뜨릴 때마다 수사
관계자들의 역할이 얼마나 중요한지를 절감하게 된다.
경찰은 피해자 진술을 토대로 최대한 증거를 수집해
주어야 한다. 초기에 확보하지 않으면 영영 날아가 버리는
증거들이 수두룩하다. 검사는 기존 판례에 반한다는 이유로
기소에 소극적이지 않아야 한다. 당연한 말이지만 검사가
기소해 주지 않으면 판례를 변경하기 어렵다. 무죄가
나올 게 뻔한 사건이라 불기소할 수밖에 없다고 대놓고
말하는 검사도 있다. 그러면 나는 "검사님이 기소해 주지
않으면 판례를 변경하기 어렵습니다. 검사님이 기소해
주시면 판례가 바뀔 수도 있습니다. 얼마나 의미 있는
사건인가요?"라고 말하곤 한다.
　　여성가족부 국장으로 있을 때 피해자에 대한 우리 사회
편견을 깨기 위한 홍보 동영상을 만든 적이 있다. 외국은
어떻게 하고 있는지를 모 방송사에 의뢰해서 제작했다.
그때 독일의 한 수사관이 '우리들의 역할은 죄가 되는지

195

아닌지 판단하는 것이 아니다. 피해자 진술을 토대로 최대한 증거를 수집 확보해서 사건을 검찰에 보내주는 것이다'라고 말했다. 나도 전적으로 동의한다. 수사관이 피해자 진술을 토대로 초동 수사를 탄탄히 하고, 검사는 수집된 증거들을 종합해서 해당 사건에 적용 가능한 죄명을 법리적으로 검토한 후 적극적으로 기소해주어야 한다.

예를 들어 피해자가 "술 마시자고 해서 모텔에 간 것이다. 성관계할 줄 몰랐다"라고 진술했을 때 모텔 CCTV 확보는 당연하고, 모텔 들어가면서 술을 사 가지고 갔는지, 룸서비스를 시킨 사실이 있는지 등에 대해 피해자 진술을 토대로 증거 확보를 해주어야 한다. 수사관이 필요한 증거는 확보하지 않은 채 "아니, 모텔을 술 마시는 줄 알고 갔다는 것이 말이 되나요? 모텔에 가면서 성관계하게 될 줄 몰랐다고 말하는 게 도저히 이해되지 않는데요?"라며 피해자 진술이 믿을 만한지 추궁하는 데 급급하면 초기에 확보할 수 있는 증거들을 놓칠 가능성이 그만큼 커진다. 자신의 말을 믿어주지 않는 수사관의 태도에 실망한 피해자가 지레 고소 취하를 해버리기도 한다. 수사관의 소극적 태도가 피해자 의지를 꺾어 버리면 춤출 사람은 가해자들 아니겠는가.

판사는 어떤가? 법정에 피해자는 거의 나오지 않는다. 피고인은 매 재판기일에 출석한다. 판사가 매번 법정에서

만나는 피고인을 안쓰럽게 여기는 경우가 종종 있다. 나는
그것을 '판사님이 피고인과 정든다'라는 말로 표현한다.
피고인의 창창한 장래를 걱정하는 재판부도 꽤 많은
듯하다. 피고인이 법정에서 울고, 시골에 병든 노모가 있고,
가족 중에 아픈 사람이 있고, 어려서 형편이 어려웠고,
그런 사연을 듣다 보면 인간적인 동정심이 생길 수도 있다.
사실 형편이 좋으나 어려우나 죄를 지으면 법정에 서는
것이다. 집안에 사돈의 팔촌까지 다 따져보면 건강 안 좋은
사람이야 누구나 한 명쯤 있지 않은가. 피고인 나이가 사십
대나 오십 대면 부모는 모두 연로한 할머니 할아버지일
수밖에 없다. 그래서 판사는 무엇보다도 냉철하고 중립적인
관점을 유지했으면 좋겠다.

나는 사실 눈물 많은 변호사다. 법정에서 앞 사건을 보고
있다가 한 번 눈물이 터지면 내 사건도 아닌데 참을 수가
없다. 법정에서 피고인이 울면 나도 모르게 눈물이 난다.
그 순간 우리가 떠올려야 하는 사람이 있다. 피해자다.
법정에 나오지 않은 피해자가 어떤 상황인지, 이 사건으로
피해자의 삶이 어떻게 바뀌었는지, 이런 것들을 분명히
머릿속에 넣어둬야 한다. 피해자 가족들이 이 사건으로
어떤 영향을 받고 있는지를 판사들이 늘 상기해야 한다. 죄
지은 피고인의 장래를 걱정하는 마음보다 그의 잘못으로

고통을 겪고 있는 피해자의 장래를 염려하는 마음이
우선해야 한다. 저울 양쪽에 피해자의 고통과 가해자의
고통을 올려놓고 그 무게를 재야 한다. 눈앞에 서 있지
않다고 해서 존재하지 않는 것은 아니다.

판사나 검사는 이미 자신들의 신분이 판사와 검사이기
때문에, 피해자나 피고인과의 관계에서 자기의 위치나
권력, 자기 말의 영향력 등을 잘 모를 수 있다. 법정에
앉는 판사는 인간으로서 법대에 앉는 게 아니라, 누군가의
삶에 대해서 커다란 영향을 미칠 수 있는 법관으로서 그
자리에 앉아야 한다. 판단해야 할 사건이 너무 많아서 빨리
이 사건을 처리하고, 다른 사건으로 넘어가야 하는 직업
노동의 과중함을 모르지는 않는다.

그렇지만 사건 담당 판사로서 법정에 앉았을 때, 처음
보는 판사 앞에서, 사적인 성폭력 피해 내용을 이야기해야
하는 피해자가 심리적으로 얼마나 예민하고 위축된
상태인지를 헤아려야 한다. 판사에게는 법정이 익숙한
공간이지만, 피해자에게는 낯설기만 한 장소다. 법관이
사용하는 용어조차 생경하다. 판사 앞에 서 있는 피해자
입장이 되어 보아야 한다.

피해자가 법정에 나왔을 때, 마음의 문을 열고
자기 내면에 있는 이야기를 덜 불편하게 끄집어낼 수
있도록 안내하는 역할을 판사가 해야 한다. 긴 문장을

얘기할 필요도 없다. "오시느라고 고생했다. 힘들겠지만 차분히 생각해 보고 이야기를 해줘라. 혹시 진행하는 중 불편하거나 힘든 질문이 있으면 이야기를 해달라." 이렇게만 얘기해도, 피해자는 존중받고 있다는 걸 느낀다. 더욱이 피해자는 인간의 존엄성이 침해된 사람들이지 않은가. 정말 인생에서 한 번 만날까 말까 한, 저 높은 법대 위에 앉아 있는 판사님이 그런 얘기를 해주면, 피해자는 굳었던 마음을 풀고 자기 머릿속에 저장된 기억의 문을 열 수 있다.

직업으로 법정을 드나드는 변호사에게도 법정은 긴장되는 곳이다. 높은 법대 위에 검은 옷을 입고 앉아 있는 판사는 흡사 저승사자처럼 보인다. 판사는 일목요연하게 작성된 서면이나 육하원칙에 따라 말하는 변호사의 화술에 익숙하다. 그런 판사 눈높이에서 봤을 때 검사나 변호사, 판사의 질문에 제대로 답하지 못하는 피해자는 뭔가 거짓말을 해서 겁을 먹은 사람처럼 보일 수도 있다.

그런 오해로 어린 피해자를 추궁하게 되면 피해자는 더욱 마음을 닫아 버린다. 마음의 문이 열려야 기억의 문이 열리고 기억의 문이 열려야 경험한 사실을 진술할 수 있다. 그래야만 실체적 진실을 확인할 수 있다. 법정에 나온 피해자가 그 기억의 문을 열게 하는 열쇠는 판사가 가지고 있다.

치유와 회복은 결과가 아니라 과정
─검사님, 판사님들께2

오랜 기간 피해자들을 대리하면서 깨달은 것이 있다.
때론 피해자들은 소송 결과보다는 과정을 통해 더 많이
치유되고 회복된다는 것이다. 그녀들은 알고 있다.
오래전에 있었던 사건이고, 단둘이 있을 때 발생한
사건이고, 그 후 아무에게도 말하지 않았고, 아무렇지
않은 척 가해자를 만나 왔기 때문에 뒤늦은 고소에 법이
응답하지 않을 수도 있다는 것을 알고 시작하는 것이다.

그런데도 그 험난한 싸움을 시작하는 이유는 무엇
때문일까? 그녀들은 말한다. 그들이 그녀에게 한 행위가
얼마나 고통스러웠는지, 그 일로 피해자가 어떤 힘든 삶을
살아왔는지, 아무렇지 않게 잘 살고 있는 가해자에게
알려주고 싶어서 시작하는 거라고.

그렇기 때문에 그녀들은 사건을 진행하는 과정에
만나는 수사관이 그녀들 목소리에 얼마나 귀 기울여
주는지, 검사가 그녀들의 고통에 어떻게 공감해 주는지,
판사가 어떤 따뜻한 목소리로 법정에 나온 그녀들을
배려해 주는지에 따라 다시 삶을 살아낼 용기와 힘을

얻는다. 나는 소망한다. 나와 함께 사건을 진행해 가면서 피해자가 조금은 더 단단해지기를 그리고 그 마음속은 조금 더 말랑해지기를.

모든 사건이 마땅한 결론이 나는 것은 아니다. 예상했던 대로 유죄가 나오기도 하지만, 기대와는 달리 무죄가 나오는 경우도 있다. 그럴 때면 심장 위에 돌덩이가 올려지는 기분이다. 내 마음이 이런데 피해자 심정은 오죽할까 싶다. 할 때까지 했는데도 좋지 않게 끝나는 사건도 있다. 그럴 때는 비겁하지만 이렇게 피해자에게 말해 준다. "판사님이 신은 아니잖아요. 판사님도 사람이니까 오판을 하는 것 같아요. 판사님이 인정해 주지 않았다고 해서 피해가 부정되는 것은 아니라고 생각해요. 우리 눈에 보이지 않는 그 어떤 절대자분이 가해자를 응징해 줄 거예요. 천벌 받게 해달라고 기도할게요."

이와 관련해서 내가 의뢰받았던 인상적인 사건 두 개가 있다. 십 대 때 삼촌에게 성폭력 피해를 입고 가해자와 같은 하늘 아래 살 수 없어서 고등학교를 졸업하자마자 결혼을 하고 미국으로 떠난 분이 있다. 그런데 남편이 첫날밤에 "너, 왜 처녀가 아니냐?"고 묻더란다. 차마 삼촌한테 성폭력 당했다고 말할 수는 없어서 나이트클럽 갔다가 피해를 입었다고 둘러댔다. 그 후 남편은 "그런 더러운 몸으로 나한테 시집을 왔냐"며

그녀를 괴롭히기 시작했고 결국 딸 한 명을 출산한 후
이혼했다. 여성은 삼십 대 초반부터 미국에서 정신과
진료를 받았지만 증상이 호전되지 않았다. 쉰 살이
넘어서도 증상은 계속되었고 정신적 증상이 신체적
증상으로까지 전이되었다. 담당 의사가 그녀에게
"당신의 증상이 개선되려면 한국에 가서 가해자에게
사과를 받아야 할 것 같다"라는 조언을 했다. 그녀는 그
즉시 대한민국 여성가족부에 도움을 요청했다. 나는
여성가족부로부터 연락을 받고 그 사건을 구조했다.

내가 그 사건을 맡은 건 2011년 즈음이었다. 피해자
상담을 할 당시 성폭력 사건은 이미 공소시효가 지난 지
한참된 상태였다. 민사상의 손해배상청구도 소멸시효가
이미 완성된 이후였다. 법률적으로는 할 수 있는 것이
없는 상태였다. 그러나 피해자의 피해는 현존하고 있었다.
과거 성폭력으로 인한 트라우마가 여전했고, 그런 증상이
얼굴 떨림 등의 신체 증상으로 전이되어 피해가 확대된
상태였다.

피해자분께 공소시효, 민사 소멸시효 관련 규정에
대해 설명해 드렸다. 현행법상으로는 소송이 쉽지 않음을
알려 드렸다. 낙심하는 표정을 보고 그분께 제안드렸다.
성폭력이라는 불법행위로 인한 정신적 피해, 신체적
피해가 지금도 계속되고 있으니 현재하는 피해가 기존

성폭력과 인과관계가 있다는 주장을 해서 현재의 피해에
대한 손해배상을 청구해 보자는 것이었다. 그러나
소송 결과는 회색이라는 것을 알고 시작하셔야 한다고
말씀드렸다. 피해자분께서 한번 해 보자고 하셨다.

손해배상청구 소송을 제기했다. 1심에서는 성폭력
자체도 인정할만한 증거가 없다는 이유로 원고 청구가
기각되었다. 항소했다. 항소심에서는 재판부에 당사자
본인 신문신청을 했다. 재판부에서는 소송 당사자가 하고
싶은 이야기는 서면으로 제출하면 되지 않겠냐고 했다.
피해자가 오래전 성폭력 피해에 대해 꼭 법정에서 말하고
싶어 한다고 간청했고, 재판부가 채택해 주었다.
　　예상했던 대로 가해자인 피고 당사자는 출석하지
않았다. 피해자인 원고 본인에 대한 당사자 신문만
진행했다. 언제 어떤 피해가 있었는지, 그 당시 피해자는
어떤 두려움을 가졌었는지, 그 피해 이후 그녀의 삶이
어떻게 바뀌었는지, 성폭력으로 인해 미국에서 치료받고
있는 증상은 어떤 것들인지에 대해 질문하고 피해자가
판사 앞에서 증언했다.
　　준비된 신문 사항을 다 마쳤다. 피해자는 당사자
신문에 참석하기 위해 미국에서 재판 날짜에 맞춰 한국에
온 것이었다. 그런 사정을 아시는지 판사는 피해자에게

마지막으로 하고 싶은 이야기가 있으면 하라고 했다.
결국에는 소멸시효가 완성된 것으로 보고 기각을
선고하긴 했지만, 나는 그 판사가 인간적으로는 피해자의
상처를 헤아린 분이었다고 생각한다. 마지막 발언 기회를
줌으로써.

"판사님 감사합니다. 제 이야기를 들어주셔서 감사합니다.
저는 이 사건 소송에서 제가 이겼다고 생각합니다.
아직 판결이 안 나왔는데도 제가 이겼다고 생각하는
것은, 제 이야기, 그러니까 제가 어떤 일을 겪었는지,
그게 얼마나 제게 고통스러운 일이었는지, 제가 그동안
어떻게 살아왔는지를 판사님이 다 들어주셨고, 또한
법정에 가해자를 대신해서 나와 있는 가해자의 부인
역시 이 이야기를 다 들었기 때문에 저는 제가 이겼다고
생각합니다."

그녀의 이야기를 글로 쓰는 지금도 그때 그 목소리를
생각하면 가슴이 아프다.
      결과는 앞서 말한 것처럼 패소였다. 피해자가 삼십
대 초반에 정신과 상담을 받기 시작했고, 그 상담을 통해
피해자의 트라우마가 성폭력으로 인한 것임을 알았다고
보이는 바, 그 시점을 기준으로 하더라도 소멸시효가 이미

완성되었기 때문이라고 했다. 1심 판결과 달랐던 것은
항소심 판결문에는 성폭력이 있었다 하더라도 시효가
지났다고 기재되어 있었다. 성폭력 자체는 인정된다는
취지의 문구가 피해자에게는 정신적 고통을 치료해주는
약이 되었을 것이다.

의뢰인은 법정 안에서 자신의 피해를 말하고,
판사님이 자신의 목소리에 귀 기울여 준 것으로
만족하신다고 했다. 소송 과정에서 자신의 상처를
이야기했고, 판사님이 그것을 경청해서 들어주셨기
때문에 자기는 회복할 수 있을 것 같다고.

피해자들은 유무죄 결과보다는 사건을 진행하는
과정에 만나는 사람들을 통해 그 상처가 치유될 수 있다.
자신의 이야기를 듣는 공적 영역에 있는 사람들이 그것에
얼마나 공감하고 지지해 주는지에 따라서 치유와 회복의
가능성은 훨씬 커진다. 그래서 변호사는 당연한 것이고,
검사나 판사 역할이 중요하다. 그들이 피해자에게 하는 말
한마디 한마디가 피해자에게는 비수가 될 수도 있고 상처
위에 새살이 돋게 하는 약이 될 수도 있다.

한 가지 더 들려주고 싶은 이야기가 있다. 앞에서도
언급했던 사건이다. 어린 중학생이 친아빠로부터 성폭행
피해를 입고 경찰서 조사를 받는데 경찰이 빨리빨리

말하라고 재촉했다. 서둘러 진술해 달라고 한 이유가 빨리
조사 마치고 마라톤 연습 가야 한다는 것이었다. 어린 피해
학생에게는 미안했고, 존중받지 못하는 피해자 앞에서 나
또한 모욕감을 느꼈다.

　　기소된 이후 법정에 증인으로 출석한 피해자가 또
한 번 상처를 받는 일이 있었다. 증인신문을 마친 후
판사가 피해자에게 "증인은 여자이고 나중에 어른이 되면
남자친구도 사귀고 결혼도 하고 애도 낳을 건데, 아빠를
고소한 사실을 평생 후회하지 않을 자신이 있습니까?"라고
물었다.

　　판사의 그 말을 듣는 순간 이미 내 눈에 눈물이
흐르고 있었다. 그런 질문을 들어야 하는 어린 피해 학생이
너무 가엽고 그녀에게 미안했기 때문이다. 피해자가 아무
말도 하지 못했다. 판사가 어린 학생에게 한 질문은 모두
팩트다. 피해자는 여자고, 나중에 어른이 되면 남자친구
사귈 것이고, 결혼하고 애 낳고, 아빠를 고소한 것도
사실이다. 그런 사실들을 들이밀면서 '네가 아빠를 고소한
사실을 후회하지 않을 자신이 있냐?'고 했으니, 어린
피해자 마음에 얼마나 큰 상처가 났겠는가.

"변호사님, 저는 아빠가 저를 성폭행한 것보다 판사님이
방금 저한테 저런 얘기를 한 게 더 마음이 아파요."

증언을 마친 후 피해자가 법정에서 나오자마자 나를 보고 한 말이다. 그러면서 얼마나 속이 상했던지 자기가 판사님에게 편지를 쓰면 안 되겠냐고 묻는 것이다. 나는 편지쓰기를 말렸다. '지금 편지를 쓰면 판사님 기분이 나빠질 수도 있으니 1심에서 무죄가 나오면 그때 쓰는 게 좋겠다'고. 피해자가 원하는 것은 하도록 조언하는 편인데 그때는 말렸다. 말리면서도 피해자에게 미안했다. 나 자신이 비겁하게 느껴졌다. 그 때는 혹시 판사가 기분이 나빠 무죄판결을 하면 어쩌지 하는 어처구니없는 걱정을 했었다. 염려했던 것과 달리 유죄판결이 나왔다.

판사가 나쁜 의도를 가지고 그런 질문을 했던 것은 아닐 것이다. 그러나 그 판사는 자신의 질문이 얼마나 오랫동안 피해자의 가슴에 상처로 남게 될지 미처 알지 못했을 것이다. 그 사건도 내게 피해자의 치유와 회복을 위해 판사, 검사, 변호사, 수사관인 우리들이 할 수 있는 일이 얼마나 많은지 일깨워주었다.

골을 넣으려면 축구화가 필요합니다
─검사님, 판사님들께3

경기장에서 제대로 뛰고 싶은 선수에게 공도 내주지
않고 축구화도 신지 못하게 하는 것. 기소 이후 피해자
변호사에게 주어진 제한적인 역할을 가장 적절하게
보여주는 비유다.

피해자 변호사에게는 공판절차 참여권이 법으로
보장되어 있다. 그러나 편하게 앉아 메모할 수 있는 책상
하나 마련되어 있지 않은 것이 현실이다. 구속피고인
사건 교도관이 앉는, 의자만 덩그러니 있는 곳이
피해자 변호사에게 주어진 자리다. 기록을 올려놓고
메모하기조차 어려운 궁색하고 협소한 조건이다.

고맙게도 어떤 재판부에서는 피해자 고소대리인이
검사 옆 책상에 앉도록 배려해 주기도 한다. 어떤 재판부는
피해자 대리인이 출석했는지 먼저 확인해 주기도 한다.
결심공판 때 피해자 변호사에게도 발언할 것이 있는지
묻는 재판부도 있다.

그런데 유령 취급하는 재판부도 꽤 많다. 메모할
책상 하나 없이 교도관들 옆에 앉아 무릎 위에 노트를

올려놓고 메모해야 하는 경우가 대부분이다. 의견을 이야기하려고 하면 제지하는 재판부도 많이 겪었다. 다음 재판기일을 지정할 때 피해자 변호사의 일정이 가능한지 묻는 재판부는 거의 없다. 피고인 측 변호사가 가능하다고 한 일정에 피해자 측 변호사가 다른 날짜로 조정해 달라고 하면 불편한 기색을 역력히 드러내는 재판부도 있다. 피해자의 피해 때문에 이루어지는 재판인데 피해자 변호사를 마치 이방인처럼 취급하는 것이다. 사법절차가 기본적으로 피해자를 어떻게 대하고 있는지는 법정에 피해자 대리인을 위한 책상 하나 없다는 것이 보여주는 것 같아 씁쓸할 뿐이다.

내친김에 하는 말인데, 피해자 대리인의 공판절차 참여권을 보장하고 있는 것에 덧붙여 피해자 대리인에게도 피고인 혹은 증인으로 출석한 사람에게 질문할 권리를 보장해 주면 좋겠다. 2007년 즈음 아동복지법 위반 사건 피해자를 대리한 적이 있다. 가해자인 교사가 기소된 이후 재판장이 법정에 출석한 고소대리인인 내게 검사 옆자리에 앉도록 배려해 주고, 피고인에게 질문할 권리를 보장해 주었다. 재판장이 가지고 있는 소송지휘권 범위에서 재량을 행사했던 것으로 짐작된다. 일본은 이미 피해자 대리인에게도 형사재판절차 참여권을 인정하면서 검사와 별개로 피고인, 증인에 대한 신문권을 보장해 주고 있다.

수사검사가 공판에 참여하면 자신이 수사하면서 파악하고 있는 내용을 토대로 피고인 변호사가 질문하는 것을 재반박할 수 있다. 공판검사는 자기가 수사하지 않은 사건 수십 건을 법정에서 하루 종일 진행해야 하다 보니, 피고인 측 변호사들 신문에 비해 디테일함이나 예리함이 떨어지는 경우가 많다. 반면 피해자 변호사는 그 기록 한 건을 준비해 법정에 나오기 때문에 공판검사보다 순발력 있게 피고인 측 반대신문에 재반대신문을 할 수 있다. 피해자 변호사에게 공판절차 참여권은 이미 부여되어 있다. 공판절차 참여권을 보장해 준 이상 공판절차에서 증인, 피고인에게 신문할 권리를 보장해 주면 좋겠다.

기록열람등사에 있어서도 피해자 대리인은 심한 어려움을 겪는다. 가해자는 기소되면 피해자 진술을 포함해 피해자가 제출한 자료 등 모든 기록을 열람 복사해서 재판을 준비한다. 피해자 변호사는 피해자 진술조서, 피해자가 제출한 자료 및 공소장에 대한 열람 등사만 허용된다. 피해자 진술조서마저 열람 등사를 허용하지 않는 재판부도 있다. 최근 상담한 사례도 피해자의 국선 변호사가 1심 재판에서 두 번이나 기록열람등사 신청을 했는데 모두 거절되었다. 피해자는 가해자가 어떤 범죄 사실로 기소되었는지 공소장조차

받아보지 못했다. 피해자가 진술조서를 열람 복사해서
읽어본 후 그 내용에 맞추어 진술할 것이라고 의심하기
때문일 것이다. 모욕적이다. 죄를 저지른 가해자는
피해자의 세세한 진술 내용, 피해자가 제출한 증거자료
등을 모두 볼 수 있는데 피해자는 가해자가 뭐라고
진술했는지 문서로 확인할 수 없다. 매우 불공평하다. 이
험난한 허들을 피해자가 넘고 넘고 또 넘어야만 비로소
가해자를 처벌할 수 있다.

외국인 여성이 성폭력 피해를 입고 우리 사무실에 왔었다.
가해자 두 명이 이미 기소된 상태였다. 한국이 좋아 유학
온 학생인데 지방에 놀러 갔다가 술에 취한 상태에서
피해를 당한 것이다. 추운 겨울날 구토감이 느껴져 외투도
입지 않은 상태에서 클럽 밖으로 혼자 나갔는데 그 후
피해자가 돌아오지 않았다. 함께 갔던 친구가 한참을
기다렸지만 말이다.
　　다음 날 피해자는 모텔에서 발견되었다. 피해자의
기억은 조각조각 떨어져 있었다. 누군가 피해자를
성폭행한 것 같기는 한데 어떤 피해를 입었는지 누가
가해자인지 제대로 기억하지 못했다. 일단 신고를 했고,
검찰은 CCTV 확인 등을 통해 남성 두 명을 강간, 강간방조
등으로 기소한 상태였다. 피고인들은 변호사를 선임하여

공소사실을 인정하고 선처를 구하면서도 자신들이 젊어 재산이 없고 직업도 없고 부모님도 경제적으로 어려워서 적정 합의금 마련이 힘들다는 입장이었다.

답답한 마음에 피해자가 변호사를 찾다가 우리 사무실로 온 것이다. 지방에서 진행되는 사건이라 지금까지 진행된 사건에 대한 기록을 열람등사하는데 시간이 꽤 소요될 것 같았다. 급한 마음에 피고인 변호인 사무실에 연락하여 상황을 문의했다. 피고인 측 변호사가 이번 건은 자백한 사건이고, 피고인들이 직업도 없으니 적정 금액이라도 받고 합의하는 게 피해자에게 유리할 것 같다고 했다. "자백하는 사건이니 그럼 변호사님이 가지고 계시는 기록을 좀 복사해서 보내 달라"고 부탁했다. 친절한 상대방 변호사가 기록 전체를 복사해 우편으로 보내주었다. 그 기록을 보고 나는 이 사건은 피고인 측이 제시한 금액에 합의할 필요가 없는 사건임을 알게 되었다.

피고인 한 명이 술에 취해 구토하는 피해자를 데리고 모텔로 갔다. 그리고 그 남성이 모텔 밖으로 나온 이후 남성과 이미 연락을 주고받은 다른 남성 한 명이 여성 혼자 있는 모텔방 안으로 들어갔다. 단순 강간미수는 선처받으면 집행유예 선고도 가능하지만 주거침입 강간은 무기징역 또는 7년 이상의 징역형이기에 집행유예가 원칙적으로 불가능하다.

적어도 두 번째로 모텔에 들어간 남성은 피해자 혼자 있는 방에 피해자 허락 없이 들어간 것이니까 주거침입의 주체다. 실제 그들 모두 피해자를 강간했을 것으로 합리적 의심이 되나 피해자의 기억이 끊겨 어떤 일이 있었는지 제대로 기억하지 못하는 점을 악용했다. 첫 번째 남성은 미수에 그쳤다고 주장했고, 두 번째 남성은 강간 사실만 인정했다. 법률적으로 주거침입 강간 공범인데 그 부분은 누구도 지적하지 않은 것이다.

수사기록을 보면 법리적으로 주거침입 강간을 적용하는 것이 가능한 사건이었다. 그러나 수사관도, 검사도 그 죄를 적용하지 않았다. 그저 강간, 강간방조 등으로 기소했을 뿐이었다. 피해자에게 그 내용을 설명했는데 잘 이해하지 못했다. 왜 제대로 된 죄명으로 기소되지 않았는지 이해되지 않는다는 말을 반복했다. 외국인인 피해자 부모님께 연락드려 그 상황을 다시 설명드렸다. 주거침입 강간 공범으로 공소장 변경을 요청하는 방안에 대해 설명했다. 피해자가 합의해 주지 않으면 가해자들은 중형을 선고받게 될 것이라 했다. 그렇게 되면 피해자가 금전적으로 제대로 배상받을 수 있는지 질문하셨다. 피해자가 선처해 주지 않으면 가해자들은 법정구속되고 징역형을 선고받겠지만 가해자들 직업이 없고 그들 명의로 재산이 없으면 배상판결을 받아도 집행하기는 어렵다고 했다. 그리고 배상판결을 받기 위해서는 별도로 민사소송을 해야 하고 시간이 걸린다고 말씀드렸다. 부모님은 민사소송을 하고 판결을 받아도 집행이 어렵다면 형사 단계에서 제대로 배상을 받고 싶다고 했다. 피해자도 형사 1심 판결이 끝나고 나면 바로 본국으로 가고 싶다고 했다.

그 후 나는 피고인 변호인에게 연락했다. 피고인 측이 당초 제시한 금액에 합의할 이유가 없다고 했다. 주거침입 강간 공범으로 공소장을 변경해 달라는 의견서를 낼 계획이라고 했다. 피고인 측 변호인은 다시 연락을 주겠다고 했다. 합의금을 마련할 수 없다던 피고인들이 당초 제시했던 금액의 다섯 배가 넘는 금액을 준비할테니 합의해 달라는 입장을 다시 전해 왔다. 피해자가 부모님과 상의했고 합의가 되었다.

그 당시 나는 내심 피해자가 피고인 측과 합의했으니 주거침입 강간으로 공소장 변경해 달라는 의견서를 내지는 않겠지만 공판검사나 재판부가 '어, 이거 주거침입 강간이네'라고 판단한 후 공소장 변경요청을 자체적으로 해 주면 좋겠다는 생각을 했다. 명확하니까. 그런데 그런 일은 없었다. 피고인들과 피해자 사이의 합의서가 제출된 이후 법원은 강간 등으로 피고인들에게 집행유예형 선고를 했다.

드라마를 보고 한국이 너무 좋아서 고등학교를 졸업하자마자 한국으로 유학 왔던 외국인 여성은 1심 판결이 나온 후 본국으로 돌아갔다. 피해자 변호사에게 법정에서 축구화 신고 뛰게 해 주어야 하는 이유를 보여준 사건이었다. 피해자 변호사에게 적어도 기소된 사건 형사기록은 전부 열람등사해서 볼 수 있도록 해 주어야 하는 이유를 보여주는 사건이기도 했다.

그녀에게 보내는 편지

저항은 당신의 권리이지 의무가 아닙니다

한 여성이 같이 식사하자는 남성의 제안에 그의 차를
타고 이동하던 중 가해자가 성폭력을 하려 했고, 피해자는
벗어나기 위해 차 문을 열고 뛰쳐나왔습니다. 급하게
차에서 내리느라 한쪽 신발은 벗겨진 상태였습니다.

그녀를 붙잡으려고 가해자가 쫓아 나오는 것을 보고
피해자는 다시 차 안으로 뛰어들어가 문을 잠갔습니다.
그녀가 차에 시동을 걸고 운전을 시작합니다. 가해자는
그녀가 차를 멈추게 하려고 차량 보닛 위로 올라탑니다.
놀란 그녀가 브레이크를 밟으려다가 다급한 마음에
그만 액셀러레이터를 밟고 말았습니다. 차량에서
떨어진 가해자가 두개골 파열로 사망했습니다. 성폭력
사건은 가해자의 사망으로 고소조차 하지 못했고,
피해자인 그녀가 가해자가 되어 수사받고 기소되어

재판받았습니다. 정당방위 주장을 했으나 받아들여지지
않았고 업무상 과실치사로 유죄판결을 받았습니다.

성폭력이 발생했을 때 사람들은 "왜 저항하지
않았냐?"고 추궁합니다. 피해자가 적극적으로 저항했을
때 어떤 결과가 발생하는지 보여주는 사건입니다. 죽기
살기로 저항하면 성폭력은 발생할 수 없다고 쉽게
말합니다. 죽기 살기로 저항하면 강간에 성공하기는
어려울 수도 있을 겁니다. 그러나 저항을 억압하기 위한
가해자의 추가 폭력으로 정말 피해자가 죽기도 합니다.
더러 그러다 가해자가 사망하기도 합니다.

독일 형법은 강간죄와 관련하여 '저항하는
것이 무의미하다고 판단했을 경우' 저항하지 않아도
강간죄 성립에 영향이 없도록 규정하고 있습니다.
예를 들어 저항하더라도 누군가 제3자가 도와주기
어려운 상황, 가해자가 체력적으로 우월해서 저항하는
것이 무의미하다고 판단되는 경우, 가해자에 대한
두려움·공포심으로 심리적으로 저항이 불가능한 경우
등에는 저항하지 않아도 강간죄 성립에 영향을 미치지
않는다고 말입니다.

한밤중에 집에 침입한 도둑이 귀중품을 내놓으라고
했을 때 저항하지 않고 순순히 내주었다고 해서 뺏긴
것이 아니라 도둑에게 선물 준 것이라 생각하는 사람은

없습니다. 성폭력의 경우도 마찬가지입니다. 성적
자기결정권을 지키기 위해 몸과 생명까지 위험한 상황에
처하도록 할 이유는 없습니다. 피할 수 없는 상황이거나
누군가의 도움을 기대할 수 없다면 차라리 피해자가
성폭력의 순간에 저항하지 말았으면 좋겠습니다. 성적
자기결정권을 침해당하지 않기 위해 저항한 대가가 너무
가혹하기 때문입니다. 그리고 그 가혹한 피해는 피해자
혼자 감당해야 하기 때문입니다.

자책하지 말았으면 좋겠습니다

태어나서 처음으로 사람이 절규하는 것을 지켜본
적이 있습니다. 가해자의 죽음을 접한 피해자의
모습이었습니다. 피소 사실을 알자마자 가해자가
"미안하다"는 문장 하나를 남긴 채 삶을 마감했습니다.
가해자의 죽음 앞에서 "내가 더 참을 걸 그랬다"며
피해자가 절규합니다. 책임져야 할 사람은 무책임하게
사라져 버렸고, 피해자가 그의 무책임한 결정에
대해서까지 자책합니다. 가해자의 무책임한 죽음에 대해
피해자가 책임져야 할 이유는 없습니다.

오랜 성착취를 견디다 못한 어린 학생이 아버지를
고소합니다. 아버지가 구속되었습니다. 피해자 마음에

이 모든 상황은 자신이 잘못했기 때문이라는 생각이
듭니다. 아버지의 성착취를 계속 참아내지 못하고 드러낸
잘못, 아버지의 잘못을 숨기지 못하고 선생님께 말씀드린
잘못, 고소한 잘못, 아버지를 선처해 달라고 말하지 않은
잘못……. 어린 학생은 자신의 다친 마음을 돌볼 겨를도
없이 구속된 아버지를 염려하고 경황없어하는 가족들에게
미안해 합니다. 그녀는 법정에서 수의를 입은 아버지를
보고 "밥은 잘 먹고 있는지" 안부를 묻고 "미안하다"고
말합니다.

　　수많은 피해자들이 어렵사리 용기 내어 가해자를
고소한 이후 벌어지는 상황을 보고 자책하곤 합니다.
그러지 말았으면 좋겠습니다. 가해자의 잘못을 말하고
제대로 처벌해 달라는 것은 당신의 권리입니다. 그의
잘못된 행위를 당신이 계속 감내해야 할 의무는 없습니다.
가해자가 그 일로 처벌을 받고, 직장을 잃게 된다면 그것은
가해자의 잘못에 따른 결과일 뿐 당신 때문이 아닙니다.
잘못된 행위도 그의 것이고, 그것에 대한 결과도 오롯하게
그의 것입니다.
당신이 목소리 낸 이후 발생하는 일들에 대해 스스로
자책하지 말았으면 좋겠습니다. 당신은 자신의 존엄을
지키기 위해 당신이 할 수 있는 마땅한 일들을 했을
뿐입니다. 자책은 가해자의 몫이어야 합니다. 당신이 할

일은 용기 있는 결정을 한 당신 안의 그녀를 위로하고
격려하는 것입니다.

그럼에도 불구하고 멋지게 살아내야 합니다

피해자가 극단적 선택을 하는 일들이 있었습니다.
성폭력으로 고소했는데 가해자가 구속되지 않자 억울함에
자살한 피해자가 있었습니다. 가해자에게 무죄판결이
나오자 정신적 고통을 견디다 못해 자살한 피해자가
있었습니다. 성폭력 자체보다는 사건이 발생한 이후
아니 사건을 드러낸 이후 이웃, 동료, 사회가 그녀들을
대하는 시선이 결국 그녀들을 극단적 선택으로 내몬다고
생각합니다.

성폭력에 대한 편견, 피해자에 대한 견고한 편견이
가득한 시대를 살고 있는 그녀들에게 자신의 성적 피해를
세상에 드러내는 것은 쉽지 않은 결정입니다. 때로는
알몸으로 세상 앞에 서는 것과도 같습니다. 피해를
증명하기 위해 가해자의 세세한 말과 행동을 기억해 내야
하고, 사건 발생 이후 친구들과 주고받은 사소한 대화,
농담에 대해서도 해명해야 합니다.
도마 위에 올려진 생선과도 같습니다. 필요한 질문이라는
이유로, 진실을 발견하기 위해서는 꼭 필요한 절차라는

이유로 피해자의 삶을 분해하고 해체합니다. 살을
발라내고 뼈를 추리는 것과 같습니다. 피해를 증명하기
위해 피해자들은 자신의 삶이 해체되는 수사 및 재판
과정을 지켜봐야만 합니다. 그런 과정을 거치며 마음의
뼈대가 약해질 대로 약해집니다. 그런 그녀에게 당신이
건네는 한마디, 당신이 보내는 시선은 칼이 되기도 하고
갑옷이 되기도 합니다.

그 힘든 과정을 견뎌내고 있는 그녀들에게 꼭 해주고 싶은
말이 있습니다.

'그럼에도 불구하고 살아내야 합니다.'

땅속 깊이 뿌리내린 나무는 겨울을 견뎌내고 다시 새순을
틔웁니다. 피해자들의 삶도 그랬으면 좋겠습니다. 성폭력
피해를 입었다고 삶이 끝나는 것이 아닙니다. 당신의
인생에 성폭력은 하나의 사건일 뿐이고 당신의 일상은
계속되어야 합니다. 교통사고 피해를 입었다고 다시
운전대를 못 잡는 것은 아닙니다. 성폭력 피해를 입었다고
다시 웃을 수 없는 것은 아닙니다. 성폭력 피해에 얽매이지
않았으면 좋겠습니다. 친구를 만나고 즐겁게 여행 다니고,
클럽에 가고, 춤도 추고, 노래도 하고, 연애도 해야 합니다.

누구 눈치도 볼 필요 없습니다. 당신이 당신 삶의 주인이기 때문입니다.

당신은 다른 범죄 피해자들과 전혀 다르지 않습니다. 교통사고를 당했다고 피해자가 위축되지 않듯이 그 사고 기억이 피해자 삶을 삼켜버리지 않듯이 당신도 피해자라는 것에 위축되지 않았으면 좋겠습니다. 그 기억이 당신의 현재를 계속 지배하도록 허락하지 않았으면 합니다. 당신은 당신의 존엄을 스스로 지켜낸 멋진 사람입니다.

고마운 분들께

책을 쓰기로 마음먹고 1년여 시간이 지났다. 원고 분량이
늘어날수록 마음의 부담도 늘어났다. 개별 사건에 대한
언급이 피해자에게 불편함을 줄까 염려되었고, 사건을
담당했던 수사관, 검사, 판사가 혹여 그 사건을 기억한다면
나의 얘기에 언짢아할까 봐 신경 쓰이기도 했다.

그럼에도 적잖이 무거운 글을 결국 마무리했다.
누구를 불편하게 할 생각도, 누군가를 공격하려는 의도도
없다. 불완전할 수밖에 없는 우리들이 어떤 편견으로
사건을 대했는지 한 번 뒤돌아보고, 우리의 말 한마디가
피해자에게 얼마나 큰 힘이 되는지 확인하는 시간이 되면
좋겠다.

감사한 사람이 너무 많다. 지금까지 함께 해준
여전사들이 참 많았다. 똑 부러지면서도 열정적이었던
정혜선 변호사, 씩씩하고 시원시원했던 천정아 변호사,

세심하게 피해자의 모든 것을 살펴주셨던 최윤정 변호사!
이 세 변호사님은 내가 1년에 100여 건의 피해자
구조사건을 지원했던 시절에 가장 든든한 동료들이었다.
이분들의 애정 어린 노력 덕분에 많은 사건을 엉킨 실타래
풀듯 잘 마무리하였다. 피해자에 대한 공감이 무엇인지,
공익사건을 어떻게 대해야 하는지, 몸으로 실천해 주신
멋진 변호사들이다. 그녀들이 자랑스럽다. 그리고 깊이
감사드린다.

　　변호사들만으로는 역부족인 사건들이 많았다. 그럴
때마다 팔 걷고 나서 주셨던 분들이 피해자 지원단체
선생님들이셨다. 태산 같은 자부심으로 평생 피해자를
지원해 오신 한국성폭력상담소 이미경 전 소장님, 특유의
화통한 미소로 피해자를 웃게 해주시던 한국여성의전화
고미경 전 대표님, 분명하고 신중하면서도 용감한
한국성폭력상담소 오매(김혜정) 소장님, 세심하고
따뜻하게 모두를 아울러 주신 한국여성의전화 송란희
대표님, 욕도 세련되게 해주셨던 멋쟁이 서혜진 변호사,
어떤 상황에서도 이성적 판단을 잃지 않았던 이지은
변호사, 그리고 궂은일 도맡아 주었던 막내 강윤영
변호사. 추운 날에도 지방에서 올라오셔서 법정 방청으로
피해자에게 힘을 실어주신 각 단체 활동가 선생님들…….
아무런 대가 없이 피해자 곁에 서 주셨던 분들이다. 그들의

열정은 숭고함 그 자체였다.

어쩌면 내가 피해자 지원을 놓지 못했던 이유가 여기에 있었던 것 같다. 그 숭고한 연대가 결국은 우리 세상을 조금은 더 나은 곳으로 이끌어 갈 것이다. 그 과정에 참여할 수 있다는 것만으로도 가슴 벅차게 감사했다.

마지막으로 자신의 상처를 세상에 드러내고 가혹한 편견 속에서도 길을 잃지 않고 당당하게 삶을 유지하시는 이 세상 모든 피해 생존자분께 감사드린다.

완벽한 피해자
— 이 여성을 위한 변론을 시작합니다

지은이. 김재련

2023년 3월 24일 초판 1쇄 발행

책임편집. 김창한·김도언
기획편집. 선완규·김창한
마케팅. 신해원
디자인. 김은혜
본문 서체. 을유1945

펴낸곳. 천년의상상
등록. 2012년 2월 14일 제2020-000078호
전화. 031-8004-0272
이메일. imagine1000@naver.com
블로그. blog.naver.com/imagine1000

ISBN 979-11-90413-56-5 03810